귀멸의 칼날

노벨라이즈
~카나오와 무이치로! 목숨을 건 싸움 편~

고토게 코요하루 원작·일러스트
하노 마키미 지음

귀멸의 칼날

노벨라이즈

~카나오와 무이치로! 목숨을 건 싸움 편~

고토게 코요하루 · 원작 / 그림
하노 마키미 · 글

학산문화사

등장인물 소개
카마도 탄지로
누이동생을 구하고 가족의 복수를 목표로 삼은 마음씨 착한 소년. 도깨비나 상대방의 급소 등을 '냄새'로 알아낼 수 있다.
카마도 네즈코
탄지로의 누이동생. 키부츠지 무잔에 의해 도깨비가 되었지만, 태양을 극복했다.
아가츠마 젠이츠
탄지로의 동기. 겁이 많은 성격이지만, 각오를 다지고 도깨비에게 맞서 싸운다.
하시비라 이노스케
귀살대 대원. 멧돼지 가죽을 뒤집어쓰고 다니고, 매우 호전적.
츠유리 카나오
귀살대 대원. 충주 코쵸우 시노부를 친언니처럼 여긴다.
시나즈가와 겐야
탄지로의 동기. 도깨비를 잡아먹음으로써 발휘되는 특이 체질을 지녔다.

목차

키부츠지 무잔을 적대하는 도깨비

타마요를 흠모하는 도깨비 청년. '눈가리개' 혈귀술을 사용한다.

키부츠지 무잔의 목숨을 노리는 수수께끼의 여성. 무잔에게 '도깨비를 인간으로 돌려놓는 약'을 주입했다.

키부츠지 무잔과 상현 도깨비

네즈코를 도깨비로 바꿔 놓은 인물이자 탄지로의 숙적. 평소에는 인간 행세를 하며 살고 있다.

한텐구를 대신해 상현4 자리에 올랐다.

상현2. '만세극락교'의 교주이기도 하다.

십이귀월의 최상위에 군림하는 상현1.

귀살대

주 귀살대에서 가장 지위가 높은 검객을 말한다.

토미오카 기유

'수주(水柱)'. 탄지로를 귀살대로 이끌었으며, 그 이후로 그를 신경 쓴다.

코쵸우 시노부

'충주(蟲柱)'. 도우마와의 싸움에서 목숨을 잃는다.

우부야시키 카가야

귀살대의 정점에 선 인물. 탁월한 선견지명을 지녔다.

시나즈가와 사네미

'풍주(風柱)'. 겐야의 형. 도깨비로 변한 어머니를 죽인 과거가 있다.

히메지마 교메이

'암주(岩柱)'. 항상 염주를 손에 들고 합장한 채 염불을 외우고 다닌다.

우부야시키 키리야

세상을 떠난 아버지, 카가야를 대신해 귀살대를 지휘한다.

이구로 오바나이

'사주(蛇柱)'. 항상 뱀 '카부라마루'와 함께 행동한다.

칸로지 미츠리

'연주(戀柱)'. 백년해로할 남성을 찾기 위해 귀살대에 들어왔다.

토키토 무이치로

'하주(霞柱)'. 칼을 잡은 지 두 달 만에 주가 되었다. 싸움을 통해 기억을 되찾았다.

단련을 위해 '주 훈련'에 임한 탄지로 일행. 그러나 마침 그때 키부츠지 무잔이 우부야시키 저택을 습격한다. 귀살대와 손을 잡은 타마요가 무잔에게 '도깨비를 인간으로 돌려놓는 약'을 주입하지만, 무잔은 귀살대를 무한성으로 끌고 들어간다…!

성 안에서 충주 코쵸우 시노부는 상현2 도우마와 싸우지만 목숨을 잃고 만다.

카나오와 이노스케가 도우마와 싸우지만 고전을 면치 못한다. 그리고 도우마가 이노스케 어머니의 원수라는 사실이 밝혀지는데…?!

지난 줄거리

때는 다이쇼. 숯을 파는 소년 탄지로는 어느 날 가족이 도깨비에게 몰살되고 누이동생 네즈코는 도깨비로 돌변하고 만다.

탄지로는 '최종 선별'을 돌파해서 도깨비를 사냥하는 조직 '귀살대'의 대원이 된다!

귀살대원이 된 탄지로는 '주(柱)'와 동료들과 함께 수많은 도깨비들을 쓰러트린다…!

사람들이 태어나고, 늙고, 죽으며 몇 대나 되는 세대를 이어 오는 가운데.

몇백 년이나 늙지 않고 죽지 않는 이형의 존재들이 있었다.

바로 식인 도깨비다.

이 도깨비들과 천 년에 걸쳐 목숨을 걸고 싸워 온 정부 비공인 조직 귀살대는 다이쇼 시대인 지금, 마침내 도깨비의 시조 키부츠지 무잔을 몰아붙였다.

숯구이 집안에서 태어나고 자라, 도깨비에게 가족을 잃은 소년 카마도 탄지로도 귀살대원 중 한 명이다.

도깨비로 변해 버린 여동생 네즈코를 인간으로 돌려놓기 위해서 특수한 '전집중의 호흡'을 터득하고, 태양빛의 힘을 담은 '일륜도'를 휘두르는 기술을 연마해 동료들과 함께 싸워 왔다.

그러던 중에 네즈코에게 희망이 보이기 시작했다. '도깨비를 인간으로 돌려놓는 약'이 완성된 것이다.

그러나 지금에 이르기까지 귀살대가 치른 희생은 결코 적지 않았다.

'주(柱)'라고 불리는 뛰어난 검객 9명 중 염주 렌고쿠 쿄쥬

로, 충주 코쵸우 시노부 2명이 목숨을 잃었고, 음주 우즈이 텐겐은 부상으로 은퇴.

주뿐만이 아니었다. 이름 없는 수많은 대원들의 목숨이 산산이 흩어졌다.

게다가 귀살대를 이끌어 온 당주 우부야시키 카가야와 그의 가족도 아이 셋을 남기고 저택과 함께 자폭. 무잔을 붙들어 놓기 위해서 자신의 목숨을 희생한 것이다.

그야말로 만신창이인 귀살대. 그리고 대원들은 지금….

무잔의 본거지 무한성 안에서 격렬한 싸움을 펼치고 있었다.

이곳은 도깨비의 약점인 태양빛이 닿지 않는다. 쓰러트리기 위해서는 일륜도로 그 목을 베는 수밖에 없다.

그래도. 설령 상황이 긴박해질지라도.

포기하는 자는 그들 중에 한 명도 없었다.

고전 끝에 탄지로와 수주 토미오카 기유는 상현3 아카자를 해치웠다.

같은 무렵, 상현2 도우마에게 맞서고 있던 것은 츠유리 카나오와 하시비라 이노스케.

과연 '주'가 아닌 두 사람은 가족의 원수인 상현 도깨비를 상대로 승리할 수 있을 것인가.

귀살대는 무잔을 쓰러트릴 수 있을 것인가.

그것은 아직 아무도 모른다.

귀멸의 칼날

제 1 화 나비의 날갯짓

무한성. 키부츠지 무잔이 거처하는 성.

그곳은 벽과 바닥, 계단, 복도 등이 뒤죽박죽으로 짜 맞춰진 이공간.

위와 아래, 왼쪽과 오른쪽이 뒤바뀌면서 그 안에 있는 사람의 감각을 흐트러트리고 교란한다.

그 내부의 어느 한 방에는 연꽃이 피어난 연못이 바닥을 가득 메우고 있고, 그 위를 다리들이 지그재그로 가로질렀다.

다리 위에 아름다운 용모를 지닌 청년 도깨비가 서 있었다.

"멧돼지 밑에서 자랐는데, 용케 사람 말을 알고 있구나."

서글서글하게 미소 지은 그 도깨비는 상현2 도우마.

그는 오른손으로 연꽃 그림이 그려진 황금빛 부채를 활짝 펼쳤다.

왼손에 쥔 부채는 접어서 이노스케에게 빼앗은 멧돼지 가죽을 걸어 놓았다.

"그러나 잘못 배운 것도 있는 것 같은데?"

도우마의 하얀 도토리색(매우 옅은 갈색) 긴 머리카락은 정수리 부분만 피를 뒤집어쓴 것처럼 붉었다.

무지갯빛이 도는 좌우의 눈동자에는 왼쪽에 '上弦(상현)', 오른쪽에 '弐(2)'… 무잔의 직속 도깨비들 중에서 두 번째로 강함을 의미하는 글자가 새겨져 있었다.

그 눈이 내려다보는 곳, 약간 떨어진 연못 안에 츠유리 카나오와 하시비라 이노스케가 서 있었다.

두 사람은 도우마의 공격을 피하다 결국 연못에 뛰어들 정도로 후퇴하고 만 것이다.

"이 세상에는 천국도 지옥도 존재하지 않아."

도우마가 말했다.

광범위하면서도 강력한 혈귀술을 구사하는 이 도깨비에게

는 쉽게 접근하기가 어려웠다. 쓰러트리려면 목을 베어야만 하는데….

“없어, 그딴 건.”

이야기를 계속하는 도우마를 연못 안에 선 카나오는 숨을 죽이고 노려봤다. 엷은 분홍색을 띠는 일륜도의 칼끝을 도깨비를 향해 똑바로 겨누면서.

그 옆에 선 이노스케의 눈에는 분노가 가득 차 있었다.

2자루의 일륜도를 하나는 어깨에 짊어지듯이 들고, 다른 하나는 앞쪽으로 쭉 내밀어 자세를 취했다. 일부러 톱날처럼 이를 나가게 한 청회색 칼이었다. 언제든지 달려들 준비는 되어 있었다.

그러나 두 사람의 얼굴과 몸에는 상처가 가득했고, 여기저기서 피가 흘렀다. 심지어 연못물에 온몸이 흠뻑 젖기까지 해서 그야말로 만신창이였다.

“인간에 의한 공상, 지어낸 이야기지. 왜 그런지 알아?”

도우마는 의기양양한 표정으로 둘에게 물었다.

“현실 속에선 바르고 선량하게 살고 있는 인간도 부조리한 꼴을 당하고, 악인이 활개를 치고, 재미나게 살면서 단물을 쪽쪽 빨아먹고 있으니까.”

"……."

카나오는 아무 말 없었지만 마음속은 분노로 가득했다.

대원복에서, 오른쪽으로 치우쳐서 묶은 머리카락에서 물방울이 뚝뚝 떨어졌다.

이 도깨비에게 언니들은 살해당했다.

화주(花柱) 코쵸우 카나에는 몇 년 전에 도우마와 싸우고 숨을 거뒀다. 충주(蟲柱) 코쵸우 시노부는 방금 전에 카나오가 보는 앞에서 도우마의 몸에 흡수되고 말았다.

두 사람과 카나오는 피가 이어지지 않았다. 하지만 인신매매자에게서 카나오를 구해 준 두 사람은 마음으로 맺어진 자매였다. 그런 두 사람을 이 도깨비가….

"천벌은 안 떨어지니, 최소한 악인은 사후에 지옥에 간다… 그렇게라도 생각하지 않으면 정신력 약한 인간들이 어떻게 살겠어?"

도우마는 점점 우쭐해져서는 활짝 펼친 부채를 팔랑팔랑 부쳐서 멧돼지 가죽을 흔들었다. 그것이 이노스케를 키워 준 멧돼지의 가죽이라고 하는데도 천진난만한 얼굴로 가지고 놀았다.

그의 생모… 인간 어머니인 코토하를 죽여서 잡아먹은 것 역시 도우마였다.

15년 전 코토하는 도우마가 교주로 있는 사원에서 도망쳤으나, 결국 발각되어 목숨을 잃고 말았다.

자신의 아이만은 살리고자 젖먹이였던 이노스케를 강물로 떨어트린 그 직후에.

도우마는 입가를 부채로 가리면서 동정하듯 웃었다.

"생각할수록 참, 인간이란 존재는 불쌍해."

이노스케의 분노가 폭발했다. 눈을 크게 부릅뜨고 절규했다.

"지옥이 없으면 내가 만들어 주마아아!!"

머리로 피가 몰려서 관자놀이에 시퍼런 핏줄이 불거져 나왔다.

"쫑알쫑알 더럽게 시끄럽다, 이 자식아아아!!"

이노스케의 가슴팍은 피투성이였다. 도우마의 부채에 기울어진 십자 형태로 베였기 때문이다.

그러나 그 통증도 전부 격렬한 분노에 묻혀 버렸다. 2자루의 칼을 들고 도우마를 향해 돌진했다.

"내 모친이 불행했던 것처럼 말하지 마, 이 멍청아!"

이노스케가 분노하며 소리쳐도 도깨비의 마음에는 조금도

와닿지 않는 듯했다. 도우마는 미소를 지으며 매우 침착하게 부채를 휘둘렀다.

"얼어붙은 구름."

화악!

두꺼운 얼음 구름이 뭉게뭉게 피어올라 이노스케에게 밀려들었다.

이 얼음은 도우마의 피로 만들어졌다. 뒤집어쓰면 몸이, 들이마시면 폐가 얼어붙어 치명상을 입게 된다.

"짐승의 호흡 제10엄니!"

이노스케는 발을 멈추고 몸의 중심을 낮춰서 떡 버티고 서서는 칼을 쥔 양손을 앞으로 뻗었다.

"원전선아(圓轉旋牙)!"

2자루의 일륜도를 손목을 중심으로 해서 빠르게 회전시켰다.

촤라라라라락!

그것은 마치 회전하는 날개처럼 맹렬한 회오리바람을 발생시켜서 얼음 구름을 밀어냈다. 관절이 유연한 이노스케이기에 가능한 기술이었다.

"좋은데? 아주 재미있어."

지옥이 없으면 내가 만들어 주마아아!!
쫑알쫑알 더럽게 시끄럽다, 이 자식아아아!!
내 모친이
불행했던 것처럼 말하지 마, 이 멍청아!
얼어붙은 구름.
하

도우마는 유쾌하다는 듯이 부채를 들었다.

“가능하다면 이렇게 계속 놀고 싶다, 질릴 때까진.”

도깨비가 이노스케에게 정신이 팔려 있는 사이에 카나오는 그의 뒤쪽으로 돌아 들어갔다.

타앗 하고 다리를 박차며 칼을 옆으로 눕힌 자세로 달려들었다. 훤히 비어 있는 도우마의 목을 노렸다!

“어이쿠.”

기척을 알아차린 도우마가 등 뒤로 시선을 힐끔 돌렸다.

동시에 카나오가 달려드는 기세 그대로 칼을 내리치려 했다.

‘꽃의 호흡….’

하지만 도우마 쪽이 빨랐다. 상체를 돌리는 동시에 높이 들고 있던 부채를 아래쪽으로 휘둘러서 카나오의 옆구리를 후려쳤다.

채애앵!

금속끼리 부딪치는 소리.

간신히 칼로 막아 내기는 했으나, 카나오는 세게 날아가 다시 연못 속에 빠지고 말았다.

도깨비에게 칼날이 닿지는 않았지만, 지금 카나오가 공격한 덕분에 '얼어붙은 구름'이 그쳤다. 그 틈을 타서 반격하고자 이노스케가 앞으로 달려갔다. …그러나 그의 눈앞에서 도우마의 모습이 사라졌다.

"앗!"

소리까지 내며 놀라는 이노스케. 도우마는… 위에 있었다. 위쪽으로 높이 뛰어오른 것이다!

연못에 빠진 카나오가 "콜록." 기침하며 몸을 일으켰다.

이노스케는 천장을 향해 칼을 휘두르면서 "크악~!!" 하고 고래고래 소리 질렀다.

"내려와, 이 자식아아아!! 쫄은 거냐, 인마아아?!"

카나오와 이노스케가 올려다본 시선의 끝에서 도우마는 하반신을 얼음 연꽃으로 천장에 고정시켜서 거꾸로 매달려 있었다.

"미안해. 아카자 공이 당하는 바람에 시간도 별로 없으니."

무척 아쉽다는 것처럼 눈썹을 축 늘어트렸다.

"너희의 상대는 이 아이한테 맡겨야겠어."

그렇게 말하고는 2개의 부채로 가슴 앞의 공간을 에워쌌다. 무슨 짓을 하려는 속셈일까?

"…결정의 아이."

좌악….

청량한 소리와 함께 두 부채 사이에 반짝반짝 빛나는 얼음 덩어리가 생겨났다.

"?!"

카나오가 그 물체를 유심히 응시했다.

'얼음 인형? 뭐지…?'

그것은 얼음 꽃잎과 함께 하늘하늘 떨어져 내려와 좌악 소리를 내며 다리에 착지했다.

도우마와 똑같이 생긴 얼음 인형이었다.

머리카락의 길이며, 복장이며, 양손에 쥔 부채까지 완벽하게 재현했다.

다만 아주 작았다. 신장이 카나오와 이노스케의 무릎 높이밖에 오지 않았다.

여전히 얼굴에 핏대를 올리고 있는 이노스케는 저도 모르게 웃음을 터트렸다.

"하하하! 뭐야, 그 찌질한 땅꼬마는…."

하지만 말을 다 끝내기도 전에 얼음 인형이 양손의 부채를 크게 휘둘렀다.

화악!

너희의 상대는
이 아이한테
맡겨야겠어.
결정의
아이.
쾅
?!
뭐지…?
얼음
인형?

얼음으로 된 자잘한 연꽃잎이 덮쳐 왔다. 하나하나가 유리 파편처럼 날카로웠다.

혈귀술 흩어지는 연꽃.

놀랍게도 도우마가 사용한 것과 완전히 똑같은 기술이 펼쳐졌다.

"우와아앗?!"

이노스케가 소리를 지르면서 얼음 꽃잎을 쓸어 넘기며 뒷걸음질 쳤다.

"……!!"

카나오 역시 칼로 쳐내면서 방어했다. 이 기술을 한 번 상대한 적 있는 카나오는 경악했다.

'이 위력….'

어마어마했다. 도우마보다 훨씬 작은 인형이 내는 것이라고는 믿기지 않을 정도의 위력이었다.

그러자 갑자기 인형이 부채를 든 채로 움직임을 멈췄다. 그 인형 뒤로 도우마가 사뿐히 착지했다.

"이 아인 나와 맞먹는 위력의 기술을 쓸 수 있지."

인형을 내려다보면서 즐거운 듯이 싱글벙글 웃으며 이야기했다.

"뒷일은 맡기고 갈게."

그 말을 남기고는 카나오와 이노스케에게서 등을 돌려 멀리 떨어진 문 쪽으로 곧장 걸어가기 시작했다.

"거기 서, 이 자식아. 도망가지 마…."

"이노스케!!"

쫓아가려는 이노스케를 카나오가 제지했다.

하지만 한발 늦었다. 달려 나간 이노스케의 눈앞에 별안간 얼음 인형이 나타나 부채를 휘둘렀다.

연잎 얼음.

강력한 냉기와 연꽃 모양의 얼음덩어리 여러 개가 이노스케를 덮쳤다.

그것을 재빨리 공중제비를 돌아 피하며 소리를 버럭 질렀다.

"빌어먹을!! 방해하지 마!"

그러나 그러는 동안에도 도우마는 문을 향해 걸어갔다. 인형에게 전투를 맡긴 지금, 자신은 아예 이 방에서 나갈 생각인 것이다.

도우마는 걸어가면서 골똘히 생각했다.

'흐~음, 저 아이도 내 혈귀술을 들이마시질 않네. 왜지?'

뒤를 돌아 다리 위를 쳐다보니 남겨 둔 얼음 인형이 도깨비 사냥꾼들을 몰아붙이고 있었다. 기대에 걸맞은 성능이었다.

혹한의 겨울 여신.

얼음 인형은 부채를 들어서 얼음으로 된 연꽃을 만들어 냈다.

꽃 위에 자라난 것은 여자 2명의 상반신.

연꽃이 미끄러지듯이 공중을 이동하는가 싶더니, 여자들이 입을 오므려서 도깨비 사냥꾼들을 향해 푸우우우우 하고 얼음의 숨결을 내뿜었다.

화아악….

순식간에 일대가 얼어붙었다. 다리와 연못뿐만이 아니라 공기도 얼음 결정이 되어 눈사태처럼 도깨비 사냥꾼들을 덮쳤다.

"뭐야, 이건?! 이럴 수가?! 전부 얼어붙잖아. 장난하지 마!!"

재빨리 위험을 감지했는지, 남자 도깨비 사냥꾼은 얼음의 숨결이 닿기 전에 피했다.

도우마는 문 앞까지 와서 멈춰 선 채 번개같이 냉기로부터 도망치는 도깨비 사냥꾼을 흥미진진하게 구경했다.

'오호라, 피부 감각이 예리한가 보구나. 약간의 냉기도 한발 먼저 감지하고 있어.'

또 한 명의 여자 검객 카나오는 단련된 체간과 뛰어난 '눈'을 지녔다.

눈으로 이쪽의 움직임을 포착해 이어질 동작을 예측했다.

멧돼지 밑에서 자랐다는 저 검객은 피부였다. 피부의 감각이 월등히 좋다. 상반신의 맨살을 훤히 드러내고 있는 것도 그런 이유일까?

'좋은데? 이제껏 만나 본 적 없는 검객이야. 기억해 둬야지.'

도우마의 뇌에는 지금까지 살아온 백 년 이상의 기억이 저장되어 있었다. 거기에 특이한 검객의 기억도 추가해 놓기로 했다.

'정보는 유익하니까. 쓸 만한 기술도 다 끄집어낸 다음에 죽이자. 향후 싸움에 활용하게.'

도우마는 도깨비. 인간과는 달리 앞으로도 백 년, 2백 년을 더 살아갈 테니 대책을 세울 수 있게끔 방해꾼의 정보는 많으면 많을수록 좋았다.

도우마는 접은 부채를 어깨 위에 툭 올렸다. 이제 이것을 펼칠 필요는 없어 보였다.

자신을 대신해 얼음 인형 아이들이 저 검객 둘을 처리해 줄 테니….

방 안에서는 도우마의 분신이라 할 수 있는 얼음 인형이 끊임없이 공격을 계속하고 있었다.

넝쿨 연꽃.

연꽃 모양을 한 얼음 넝쿨이 사방팔방으로 뻗었다.

카나오가 조금 전에 한 번 상대한 기술이었다. 저 넝쿨은 채찍처럼 날아와서 만에 하나 휘감기면 그 길로 끝. 꽁꽁 얼어붙어 버린다.

카나오는 재빨리 칼을 휘둘러서 넝쿨을 차례차례 베어 냈다.

얼음과 쇠가 부딪쳐서 콰가각 하는 날카로운 소리가 메아리쳤다.

'계속 밀리고 있다!! 이러다 놈을 놓치겠어!!'

공격을 피하면서 문 쪽을 쳐다봤다.

도우마는 지금 막 문에 손을 갖다 대려는 참이었다. 서두르지 않으면 가 버릴 것이다….

'좀 더 버텨야 해…. 무슨 일이 있어도 저놈을 여기에 붙잡아 둬야 해.'

하지만 넝쿨을 쳐내는 것이 고작이라서 도저히 도깨비 본체를 공격하러 갈 상황이 아니었다.

마구 날뛰는 얼음 넝쿨 때문에 발이 단단히 묶여 버렸다. 애가 탔다.

'이제 조금만 더 이곳에다….'

문을 열려고 하던 도우마는 문득 손을 멈췄다.

"오, 그래. 이 아일 한 5명 정도 더 꺼내서, 성 안에 들어온 도깨비 사냥꾼들을 쓰러뜨리는 게 더 빠를지도."

유쾌한 발상을 떠올렸다는 듯이 싱긋 웃고는 부채 2개를 펼쳤다.

"응! 그래야겠다. 너무 과하게 놀다간 꾸지람 들을 테니까."

펼친 부채를 몸 앞에서 슥 겹치자, 좌랑 소리와 함께 도우마를 쏙 빼닮은 얼음 인형이 또 생겨났다.

얼음 인형은 부채 사이에서 뛰어내리더니 카나오를 향해 돌진했다.

"혈귀술 '겨울철 고드름'!"

콰가가각!

무수한 고드름들이 마치 창처럼 내리꽂혔다. 두 번째 얼음 인형이 펼친 기술이었다.

나무판자를 박차며 후퇴하는 카나오….

한편 이노스케는 첫 번째 얼음 인형이 내뿜는 얼음 꽃잎을 피하면서 다리 위를 이리저리 뛰어다녔다.

그 역시 이 상황이 답답해서 어금니를 뿌드득 갈고 있었다.

'제기랄!! 제기랄!! 이래도 되는 거야?! 본체도 아닌 놈의 공격에 마구 떠밀려… 가까이 가지도 못하고.'

문 앞에 있는 도깨비를 보니, 벌써 다섯 번째 얼음 인형까지 만들어 낸 것이 아닌가!

얼음 인형은 도깨비 발밑에 서서 출격 신호를 기다리고 있는 듯했다.

'이러다 도망치겠어!! 서두르지 않으면 원수가!'

그러나 그때.

화악!

첫 번째가 만들어 낸 눈보라가 밀어닥쳤다. 이노스케는 그것을 간발의 차로 피해 뛰어올라서 그대로 도우마가 있는 쪽을 향했다.

"으아아아앗, 빌어먹으으을!!"

그러자 슈슈욱 하고 공기를 가르는 소리.

세 번째 얼음 인형이 펼치는 채찍 같은 넝쿨 공격이었다.

이노스케는 재빨리 몸 앞에서 양팔을 교차시켜서 넝쿨로부터 몸을 보호했다. …그러나.

파바밧!

넝쿨이 그의 팔을 난도질해서 격통이 밀려왔다. 여기저기서 일제히 피가 뿜어져 나왔다.

"이노스케!! 조급해하지 마!!"

다른 다리 위에 있는 카나오가 외쳤다. 그녀는 다른 얼음 인형이 만들어 낸 넝쿨을 쳐내고 있었다.

전부 다섯이 된 인형은 각자가 도우마와 거의 같은 힘으로 공격을 가했다. 끝이 없었다. 이래서는 적의 위력이 5배로 증가한 것이나 마찬가지였다.

"진정해!! 조금만 더… 앞으로 조금만 더 버텨…."

카나오의 외침을 들은 도우마가 천천히 뒤돌아섰다.

"?"

'조금만 더?'

넓은 방 안에서 펼쳐지는 전투를 남의 일처럼 느긋하게 구경했다.

'어차피 상관없지. 아이들이 전투를 기록할 테니.'

그렇게 생각하면서 문을 열려고 손잡이를 잡은 두 손에 힘을 꾹 실은 그때였다.

도우마의 왼쪽 시야가 갑자기 확 뒤집혔다.

“어?”

저도 모르게 소리를 내면서 놀란 도우마의 그 얼굴이.

주륵 녹아내렸다.

왼쪽 안구가 튀어나와서 ‘상현’이라고 새겨진 눈동자가 아래쪽을 향한 채로 힘없이 흔들렸다.

피부는 검푸르게 변색되어서 혈관이 불거져 나오고, 뺨과 턱의 살점이 주르륵 벗겨져서 떨어졌다.

“어라?”

양손으로 얼굴을 감쌌다.

“이게 뭐지?”

카나오는 일륜도를 휘두르면서 마음속으로 ‘왔다… 왔어!!’ 라고 외쳤다.

이때를 기다렸던 것이다.

바로 이때를!

도우마는 얼굴을 연신 매만지면서 자신의 몸에 무슨 일이 일어났는지를 확인했다.

어?
주륵…
어라?
이게 뭐지?
왔다…
왔어!!

'얼굴이… 녹아내리고 있잖아?'

그 사실을 깨닫는 동시에 현기증이 일어나 털썩 소리를 내면서 바닥에 두 손을 짚고 쓰러졌다.

도우마는 몸을 웅크렸다. 얼굴에서 튀어나온 왼쪽 안구가 흔들리고 있었다.

다음 순간, 도우마의 머릿속에 어느 검객의 얼굴이 떠올랐다.

날개 문양의 두루마기를 입고, 나비 모양 머리 장식을 한….

독을 다루는 여자. 도우마가 자신의 몸속으로 흡수한 도깨비 사냥꾼이었다.

그 여자가 말없이 미소 지으면서 이쪽을 응시하고 있었다.

도우마의 전신에 식은땀이 왈칵 뿜어져 나왔다.

제 2 화 세 사람의 승리

“만약 언니를 죽인 상현2를 만나, 나와 카나오 둘이서 싸우게 된다면.”

그것은 이 무한성에서의 싸움이 시작되기 전… 주들을 차례대로 방문해 특별한 훈련을 받는 ‘주 훈련’이 막 개시된 무렵의 일이었다.

나비 저택의 불상을 모신 방에서 시노부는 카나오에게 말했다.

“우선 첫 번째 조건으로 나는… 그 도깨비에게 잡아먹혀 죽어야 해요.”

만약
언니를 죽인
상현2를 만나,
나와 카나오 둘이서
싸우게 된다면,
우선 첫 번째
조건으로
나는
그 도깨비에게
잡아먹혀
죽어야 해요.

불단 앞에서 서로를 마주 보고 정좌한 두 사람.

전에 없이 숙연한 분위기에 긴장해 있던 카나오는 예상치 못한 말을 듣고 몹시 당황했다.

"왜요?"

그런 일은 일어나선 안 된다. 달리 더 좋은 방법이 있을 것이다. 찾아보면 분명히.

입술이 떨리고, 목소리가 점점 작아지고, 마음이 조급해졌다.

"같이… 싸우면 틀림없이… 이, 이길 수…."

"그런 어리숙한 생각은 지금 당장 이 자리에서 버리세요."

시노부의 단호한 말에 카나오는 움찔 놀라서 다시 자세를 바로잡았다.

"상현의 힘은 적어도 주(柱) 세 사람 몫의 힘에 필적합니다."

그런 도깨비를 상대로 승산이 있을까. 주 한 명, 대원 한 명이 도전한다고 해서.

시노부는 다다미 바닥으로 시선을 떨궜다.

"하지만 언니의 정보에 따르면, 이 상현2는… 여자를 잡아먹는 것에 기묘한 집착이 있고, 탐욕스러운 것 같아요."

다시 시선을 든 시노부는 카나오를 똑바로 바라보았다.

"신체 능력이 높고 우수한 육체를 가진 '주'. 심지어 그게 '여자'라면 거의 틀림없이 잡아먹을 겁니다."

카나오는 할 말을 잃었다.

놀라움, 초조함, 불안, 슬픔. 다양한 감정이 가슴속에 생겨났다.

하지만, 그런데도, 목소리가 나오지 않았다. 얼굴과 몸에 땀이 뻘뻘 흐를 뿐이었다.

'싫어. 싫어….'

마음속으로 그렇게 되풀이했다.

"현재 내 몸은 혈액, 내장, 손톱 끝에 이르기까지 고농도의 등꽃 독이 퍼져 있는 상태예요."

카나오는 땀범벅인 두 손을 가슴 앞에서 꼭 쥐면서 상체를 앞으로 내밀었다.

"그럼 저도…."

"무리예요. 절대 제때 맞추지 못해요."

시노부는 어디까지나 침착했다.

"이 상태가 되기까지 1년 넘게 등꽃 독을 계속 섭취하지 않으면 안 되니까."

그런 일을 시노부는 꾸준히 해 온 것이었다.

언니 카나에를 죽인 도깨비, 상현2 도깨비를 해치우기 위해.

1년도 넘는 오랜 시간을 들여서.

"심지어 이 시도의 첫 번째 피험자가 나입니다. 앞으로 어떤 부작용이 나타날지, 그리고 또 상현이나 키부츠지에게 통할지 어떨지도 전혀 알 수 없어요."

카나오는 잠자코 듣고 있는 수밖에 없었다. 심장이 빠르게 뛰었다.

"내 칼로 한 번에 주입할 수 있는 독의 양은 기껏해야 50밀리. 하지만…."

시노부의 일륜도는 끄트머리를 갈고리 모양으로 남기고 나머지 도신을 가느다랗게 깎아 낸 독특한 형태였다. 그리고 칼집에는 독을 조합할 수 있는 장치가 있었다.

다른 주들에 비해 체격과 근력이 부족해서 도깨비의 목을 벨 수 없는 시노부가 독을 사용해 싸우기 위한 칼이었다.

"지금의 날 잡아먹을 경우, 그 도깨비가 먹는 독의 양은…."

담담한 시노부의 목소리.

"내 전체 체중인 37kg 분량. 치사량의 약 700배죠."

치사량의 약 700배에 달하는 독.

시노부를 흡수한 도우마의 몸에는 지금 그만한 양의 독이 퍼져 있었다.

온몸의 힘이 빠진 도우마는 바닥을 오른손으로 짚어서 몸을 지탱하려 했다.

그러나 그 오른팔이 팔꿈치 위쪽부터 주르륵 문드러져서 앞으로 고꾸라졌다.

털푸덕 하고 살점이 찌부러지는 소리가 났다.

'뼈부터 녹아내린다… 독인가?'

나무로 된 다리 바닥에 엎어진 도우마의 얼굴과 팔이 주르르륵 무너져 내렸다.

'그 아이의 독. 하지만 독이 퍼지는 느낌도 없었는데.'

그런데도 몸은 녹아서 이제는 목소리마저 낼 수 없게 됐다. 예기치 않은 사태에 언제나 여유롭던 도우마도 놀라서 자신의 몸에게 명령했다.

'재생해, 회복해.'

도우마가 자신의 몸을 재생하는 것조차 힘에 부치는 상태가 되자, 얼음 인형들의 움직임도 일제히 멈췄다.

다음 순간, 첫 번째 인형의 머리에 쩌억 하고 균열이 생겼다.

내 전체
체중인
37kg 분량.
치사량의
약 700배죠.
타앙
주륵...

파지직!

작은 몸이 산산조각으로 부서졌다. 나머지 얼음 인형 넷도 차례차례 빠직, 빠각 소리와 함께 부서져서 잘고 투명한 파편으로 변했다.

"?!"

갑작스러운 변화에 응전하던 이노스케는 어안이 벙벙해졌다.

"뭐야아앗?! 갑자기 사라졌어! 함정이야, 뭐야아아아?!"

"아니야!! 우리 사범님의 독이 듣기 시작한 거야!"

그렇게 말하면서 카나오는 쓰러진 도우마를 향해 한눈 팔지 않고 곧장 달려갔다.

이때를 위해서 시노부는 오랜 시간 공을 들였다.

자신의 목숨을 걸어온 것이다.

사범님이… 언니가 준비해 준 이 순간을 절대로 놓칠 수는 없었다.

일륜도를 낮게 잡고 달리면서 카나오는 소리쳤다.

"이노스케! 목을 노려!!! 단숨에 몰아넣자!!"

그렇다, 그날.

따사로운 햇살이 내리쬐는 나비 저택에서 불단 앞에 앉은 시노부는 말했다.

“하지만 설령 목숨 건 독이라 해도, 상현 도깨비를 확실하게 멸살할 수 있으리란 보장은 없습니다.”

카나오는 동요하면서도 언니의 말을 한마디도 놓치지 않겠다며 귀를 기울였다.

“적어도 큰 어르신은 무리라고 판단하고 계세요. 그래서 나더러, 내가 원수를 갚을 수 있는 확률을 높이기 위해, 도깨비와 공동 연구를 하라고 조언하셨어요.”

그 도깨비란 타마요였다.

시노부의 가족은 모두 도깨비에게 살해당했다. 그래서 도깨비를 진심으로 증오했다.

그런 그녀가 도깨비인 타마요와 함께 싸우겠다고 결심했다. 그것은 웬만한 각오 없이는 불가능했을 것이다.

“설령 독이 듣기 시작한다 해도, 방심할 순 없습니다. 역시 제일 확실한 건 목을 절단하는 것.”

시노부는 눈썹을 축 내려트리고 어딘가 슬퍼 보이는 표정으로 미소 지었다.

“내가 기필코 도깨비를 약화시킬 테니까, 카나오가 목을 베어 숨통을 끊어 놓으세요."

그것은 사범으로서 한 말이 아니었다.

언니로서 나눈, 카나오와의 약속….

'알고 있어… 괜찮아, 안심해.'

독이 퍼져서 다리에 엎드린 도우마가 몸을 일으켰다.

카나오는 똑바로 질풍처럼 달려갔다.

'기필코 벨 거니까 내가 기필코 해낼 거니까.'

이를 꽉 깨물었다. 하나로 묶은 머리카락이 나부꼈다.

'시노부 언니의 목숨을 절대로 헛되이 만들지 않을 거야!!'

이노스케도 다른 방향에서 달려왔다. 그도 일직선으로 도우마 쪽을 향하면서 외쳤다.

"죽어라, 이 개자식아!!"

카나오와 이노스케 두 사람은 동시에 도우마에게 달려들었다.

그러나 그때였다.

도우마가 움직였다. 반쯤 녹은 얼굴을 들어 변색된 왼손을 휘둘렀다.

그 손에는 금부채가 들려 있었다!

설령 독이 듣기 시작한다 해도,
방심할 순 없습니다.
역시 제일 확실한 건 목을 절단하는 것.
내가 기필코 도깨비를 약화시킬 테니까,
카나오가 목을 베어 숨통을 끊어놓으세요.
알고 있어.
괜찮아. 안심해.
기필코 벨 거니까. 내가 기필코 해낼 거니까.

"혈귀술… 무빙(霧氷) 수련보살."

부채를 한 번 휘두름과 동시에 바닥이 무너지고, 다리가 쪼개지고, 문과 나무 벽도 파괴됐다.

연못물이 크게 굽이친 채로 얼어붙었다.

그 자리에 나타난 것은 거대한 보살상… 연꽃을 등에 지고 합장을 한 얼음 보살이었다.

터무니없이 컸다. 이 보살상 앞에서는 카나오와 이노스케 쪽이 작은 인형처럼 보였다.

본체인 도우마는 보살상의 오른쪽 어깨 언저리에서 둥실거리는 연꽃에 올라타 있었다.

다음 순간, 카나오와 이노스케는 숨을 삼켰다.

놀랍게도 보살상이 합장을 풀고 거대한 왼손을 높이 든 것이다.

손날은 두 사람이 서 있는 다리를 향해 뚝 떨어졌다.

콰아앙!!

다리가 파괴되고, 높이 솟구친 물보라가 삽시간에 얼어붙었다.

충격으로 인해 공중으로 날아간 카나오와 이노스케는 얼음과 나무 파편을 피하느라 정신이 없었다. 하지만 어떻게든 자세를 바로잡으려 애썼다.

'이 마당에 와서 이런 엄청난 기술을…. 이만한 여력이 남아 있다니, 얼어붙은 공기가 광범위하게 가득 찼다. 뒤로 물러섰다간 회복할 틈을 주게 될 거야.'

카나오는 추락하면서도 보살상에게서 눈을 떼지 않았다.

보살상이 이번에는 오른팔을 들려 했다.

다음 공격이 오기 전에 끝장을 보고 싶었지만, 다가가면 도깨비의 피로 이루어진 얼음 가루를 들이마시게 되리라.

'하지만 이걸 들이마시면 싸울 수 없게 된다. 기껏 죽기 직전까지 충고해 줬는데.'

시노부는 죽기 직전에 목소리를 내지 못하는 대신 수신호로 '들이마시지 마'라고 카나오에게 가르쳐 줬다.

카나오는 주위에 충만한 얼음 가루 쪽으로 시선을 돌렸다.

'…아니. 자세히 봐.'

눈을 크게 부릅뜨고 자신을 타일렀다.

'자세히 봐, 이 주술을. 거칠다. 명백히 정밀도가 떨어졌어. 이판사판으로 펼친 기술인 거야. 최후의 공방이다.'

얼음 가루는 조금 전처럼 세차게 불지 않았고, 보살상도 녹기 시작해서 물방울이 뚝뚝 떨어졌다.

'…나도 **그걸** 쓸 때가 된 거야.'

"그 기술을 쓰면 카나오는… 실명하게 될지도 몰라요."

시노부는 나비 저택의 고요한 불단 앞에 앉아 그렇게 말했다.

"안구라는 건 매우 섬세한 것이죠. 신경도, 혈관도 몹시 가늘어서, 과도하게 출력해 부담을 주면 너무 위험해요."

고개를 약간 숙이고, 걱정 어린 눈빛으로.

자신은 잡아먹힐 생각이라고 카나오에게 알릴 때보다도 훨씬, 훨씬 걱정스러운 표정으로.

'왜 그런 소릴 해?'

보살상이 움직이자 연못물이 파도가 되어 밀려왔다.

카나오의 몸은 파도에 튕겨져 나갔다. 그러나 일륜도는 단단히 쥐고 있었다.

'자신은 목숨조차 희생하려 하고 있으면서 어째서 내 시력 걱정 따윌 해?'

세찬 파도에 치이는 동안 나비 모양 머리 장식이 부서지고, 풀린 머리카락이 크게 너풀거렸다.

'어쩜 이렇게 다정한 사람일까. 어쩜 이렇게 숭고한 사람일까.'

온화하게 미소 짓는 시노부의 옆모습이 떠올랐다.

다정하게, 때로는 엄격하게 카나오를 이끌어 줬던 사범님.

'지키고 싶었어. 목숨 걸고 지키고 싶었어.'

의지할 사람이라고는 없는 카나오를 가족으로서 맞이해 줬던 언니.

'같이 집으로 돌아가고 싶었어.'

칸자키 아오이와 키요, 스미, 나호 삼인방이 기다리는 그 나비 저택으로.

하지만 그 소망은 이제, 이루어지지 못한다.

그러니 지금이야말로 그것을 사용할 때였다.

카나오는 온 신경을, 온 정신을 안구에 집중시켰다.

두 눈이 불에 타듯 뜨거워졌다.

흐트러진 머리카락 사이로 보이는 카나오의 눈은… 흰자가 새빨갛게 물들어 있었다.

"꽃의 호흡 종형(終型)… 피안주안(彼岸朱眼)!"

지키고
싫었다.
목숨 걸고
지키고
싫었다.
같이 집으로
돌아가고
싫었다.
꽃의 호흡
종형(終型),
피안주안
(彼岸朱眼).

동체 시력을 극한까지 끌어올리면, 주위의 움직임이 둔하고 느리게 보인다.

안구에 쏠리는 압력에 출혈이 일어나 강막은 붉게 물든다.

카나오에게는 지금 보살상의 움직임이 달팽이의 움직임 정도로 느리게 보였다.

거대한 보살상은 그 왼손에 조금 전까지 공중을 날던 이노스케의 몸을 단단히 쥐고 있었다. 붙잡힌 이노스케가 버둥거리는 움직임도 느릿느릿했다.

보살상이 오른팔을 내리치려 했다. 그 움직임은 점점 속도가 감소해서… 끝내는 정지한 것처럼 보였다.

키이이잉….

극한까지 집중한 카나오는 머리 위에서 떨어져 내리는 보살상의 손날을 간단히 피하고 뛰어올랐다.

도우마는 지금 보살상의 어깨 언저리를 떠도는 연꽃 위에 있었다. 그곳까지 단숨에 돌진해서 적의 간격까지 접근했다.

도깨비의 목을 노리고 옆으로 눕힌 일륜도를 휘둘렀다.

독 때문에 검푸르게 녹은 도우마의 목에 칼날이 파고들었다.

그런데 그때, 카나오의 등 뒤로 맹렬한 냉기가 덮쳐 왔다.

후우우우….

보살상이 거대한 머리를 가까이 대고 얼음 숨결을 불고 있었다. 카나오의 몸 뒤쪽 절반이 눈 깜짝할 사이에 빠직빠직 얼어붙었다.

'가라!! 가라!! 벨 수 있다!!'

얼어붙은 피부가 저릿저릿 아팠다.

그래도 카나오는 주안으로 변한 눈을 부릅뜨고 칼을 휘두르는 팔에 계속해서 힘을 실었다.

'이렇게 흐물흐물하게 썩은 목을 못 벨 리 없어!!'

남아 있는 힘을 전부 쥐어짰다. 하지만 냉기는 카나오의 어깨를 넘어 팔까지 얼리기 시작했다.

'아아아, 팔이 점점 굳어서…!!'

그러자 다음 순간.

"으아아아아!!"

약간 떨어진 장소에서 땅울림처럼 낮은 신음 소리가 울려 퍼졌다.

보살상의 손아귀에 붙잡힌 이노스케가 상반신을 뒤로 젖히더니 칼을 잡은 양팔을 높이 들었다.

으아아
아아!!
짐승의
호흡,
즉흥적으로
생각난
던져
찢기
이이이이!!
캉

"짐승의 호흡, 즉흥적으로 생각난…."

그렇게 외친 이노스케는 2자루의 일륜도를 던졌다.

"던져 찢기이이이이!!"

칼은 2개의 수레바퀴처럼 고속으로 회전하면서 보살상의 어깻죽지에 있는 도우마를 향해 날아갔다.

그리고 2자루 모두 카나오의 칼에 챙! 하고 부딪쳤다.

이노스케의 칼은 일부러 이가 빠지게 만들어서 칼날의 가장자리가 너덜너덜했다. 그 홈이 카나오의 칼에 정확히 맞물리면서 칼날을 붙잡아 밀어넣듯이 움직였다.

이노스케의 칼의 추진력을 받은 카나오의 칼은 순식간에 도우마의 목에 파고들었다.

'2'라는 글자가 새겨진 무지갯빛 눈이 깜짝 놀라서 크게 떠졌다.

'칼날이 밀고 들어와….'

얇은 분홍색 도신이 스륵 하고 도깨비의 살을 베었다. 그리고.

촤악!

목이 날아갔다!

마침내 상현2 도우마의 목이 잘린 것이다!

독 때문에 이미 절반은 녹아 있던 도우마의 머리는 조금씩 무너져 내리면서 날아갔다.

'어…? 목이 잘렸네?'

혈귀술로 꺼낸 보살상도 산산이 부서진 것 같았다. 얼음 파편이 후둑후둑 떨어지고 있었다.

공중에 흩어지는 파편 너머로 칼을 꽉 쥔 채 추락하는 도깨비 사냥꾼 소녀가 보였다.

'이런 잔챙이들한테 지다니… 내가….'

이 소녀만이 아니었다. 원인을 따지자면 나비 날개 문양 두루마기를 입은 도깨비 사냥꾼에게도 패배한 셈이었다.

'그렇게 목을 벨 힘조차도 없는, 검객도 아닌 독 사용자에게.'

보살상의 손에 붙잡힌 채 추락하는 야생아 같은 도깨비 사냥꾼에게도.

'검술의 기초도 안 되어 있는 놈에게.'

최강의 도깨비인 '십이귀월' 중 2인자에 해당하는 상현2. 도우마는 오랜 세월을 그 지위에 있었다.

그랬건만 실력이 한참 뒤떨어지는 인간에게 지다니.

'이런 식으로 소멸하다니, 내가 너무 불쌍해. 이토록 남들에게 헌신하고, 세상에 공헌하며 살아온 내가….'

도우마는 진심으로 그렇게 믿었다.

가엾은 인간들을 자신이 뼈도 남기지 않고 다 먹어 치워 줌으로써 행복으로 이끈다고.

'그래.'

한없이 긍정적인 도우마는 금세 생각을 고쳤다.

'아직 모르는 일이지. 포기해선 안 돼. 안 죽을지도 모르잖아.'

그분의 모습을 머릿속에 떠올렸다.

모든 도깨비들을 통솔하는 우두머리 키부츠지 무잔.

'무잔 님처럼…. 아카자 공도 거의 **될 뻔했는데**, 나도 틀림없이.'

목이 잘려 나갔어도 얼마간 살아 있던 아카자.

그는 죽기 직전에 완전한 육체에 거의 근접해 있었다. 도우마는 그 자리에 있지는 않았지만, 같은 도깨비이기 때문에 기척으로 감지할 수 있었다.

공중을 날던 도우마의 머리는 쿠웅! 하고 큰 소리를 내며 다리 위에 떨어졌다.

피부와 살점이 파스스 무너져 내리면서 먼지가 되어 사라지기 시작했다.

'아… 몸이 무너지기 시작한다. 글렀구나, 난.'

무잔이나 아카자처럼 될 수는 없는 것 같았다.

'죽는구나, 난.'

도우마는 문득 생각이 떠올라서 자신의 마음속 소리를 들어봤다. 지금이라면 감정이 솟아날까?

'아~ 역시 틀렸다. 아무것도 느껴지지 않아.'

죽는 것이 두렵지도 않고, 진 것이 분하지도 않았다.

'줄곧 이런 식이었지, 난.'

아직 어린 아이였던 시절.

여신도들을 잇따라 건드리는 아버지를 난도질해서 죽인 어머니가 반쯤 미쳐서 음독 자살을 했을 때도.

청결한 법의를 입은 도우마는 피로 물든 방을 몹시 곤란하다는 얼굴로 둘러볼 뿐이었다.

'방 좀 더럽히지 말지, 라고. 그 시절엔 아직 도깨비가 아니었기 때문에 피 냄새가 너무너무 역해서 빨리 환기시켜야지,

라고.'

그런 생각만 머리에 떠오를 뿐, 슬프다거나 외롭다거나, 그딴 건 불과 한순간도 느끼지 못했다.

도깨비의 피를 나눠 준 무잔을 만난 일은 제아무리 그라도 감동했지만.

'스무 살 때 도깨비가 되고, 백 년 넘게 살았지만 결국… 인간의 감정이라는 건 나에게 그저 남의 일일 뿐인 몽환이었어.'

의식이 흐릿해져 갔다.

주위가 캄캄해졌다.

이곳은 죽음 이후의 세계…인 것일까?

"아. 이제야 겨우 죽었나요? 잘됐다."

갑자기 눈앞에 낯익은 소녀가 나타났다.

나비 날개 문양 두루마기를 입은 그 도깨비 사냥꾼이었다.

그녀의 다부진 눈이 도우마를 빤히 응시했다.

"이로써 나도 안심하고 성불할 수 있겠네요."

보아하니 도우마는 머리만 남은 존재가 되어 버린 듯했다.

소녀는 도우마의 머리통을 손바닥에 놓고 자신의 눈높이까

아.
이제야 겨우
죽었나요?
잘됐다.
이로써
나도 안심하고
성불할 수
있겠네요.
…여어.
시노부였던가?
아님 카나에?

지 들어 올렸다. 오른쪽 귀가 아래로 가서, 마치 그녀의 손 위에 누워 있는 것 같았다.

도우마는 천천히 입을 열었다.

"…여어. 시노부였던가? 아님 카나에?"

인간에게 관심이 없는 도우마는 이름을 잘 외우지 못했다.

이 여자애는 독을 사용하는… 그래, 시노부라는 이름이었다. 도우마가 몸속에 흡수해서 죽인 도깨비 사냥꾼. 이런 식으로 재회했다는 것은 도우마 자신도 죽었다는 뜻이리라.

시노부는 눈웃음을 지었다.

"아아, 됐어요, 굳이 외우지 않아도. 나나 언니나. 불쾌하니까 이름으로 부르지 말아 주세요."

"굉장하던데? 그 독의 위력. 완전히 다 퍼질 때까지 전혀 몰랐어."

"…당연히 그렇겠죠. 그건 도깨비 타마요 씨가 협력해서 만들어 주신 거니까."

"타마요?"

예상 밖의 이름이 나와서 도우마는 눈을 동그랗게 떴다.

"호오… 그 여자가?"

"몹시 분하긴 했지만."

시노부는 윤기 나는 입술 끝을 휙 올리며 싱긋 웃었다.

"가능하다면 내가 만든 독으로 널 보내고 싶었거든요. 그래도 난 만족이에요. 결과적으론 만세죠."

도우마는 명랑한 목소리로 이야기하는 시노부를 내내 바라보았다.

"아직 도깨비의 시조도 남아 있지만, 이젠 분명 괜찮을 거예요."

오른쪽 귀 아래로 시노부의 따뜻한 손바닥을 느꼈다.

시노부는 기도하듯 살며시 눈을 감았다.

"내 동료들 중 누군가가 반드시 해낼 거다. 난 그렇게 확신하고 있으니까."

그 아름다운 음성. 느긋하면서도 격렬히 타오르는 의지를 담은 말투.

시노부에게서 눈을 떼지 못하게 된 도우마는 저도 모르게 "…와아." 하고 탄식했다.

"뭐지, 이건? 뭐지?"

"왜 그러세요?"

시노부가 고개를 살짝 갸웃거리자 도우마는 '상현', '2'라는 글자가 새겨진 무지갯빛 눈동자를 반짝반짝 빛냈다.

“지금은 더 이상 있지도 않은 심장이 맥동하는 기분마저 들어. 이런 게 사랑이라는 건가? 귀엽다, 시노부.“

시노부의 표정이 미소를 지은 채로 굳었다.

한편 도우마는 뺨을 붉게 물들이고는 점점 더 흥분해서 시노부를 향해 말했다.

“정말로 존재하고 있었구나, 이런 감각이. 혹시 천국이나 지옥도 있으려나?”

슬픔과 쓸쓸함마저 느끼지 않는 도우마였으니 당연히 가슴이 설렌 적도 없었다. 하지만 지금 시노부를 보고 있으면 없는 심장이 두근거렸다. 열이라도 나는 것처럼 뺨이 뜨거워졌다.

“이봐, 시노부. 혹시….”

머리만 남은 도우마는 시노부의 손바닥 위에서 꿈을 꾸듯 황홀해졌다.

“나랑 같이 지옥에 가지 않을래?”

그러자 더할 나위 없이 상냥하고 사랑스러운 미소를 짓는 시노부.

더할 나위 없이 기품 있게, 그러면서도 힘차게 내뱉었다.

“얼른 뒈져, 이 개자식아.”

얼른 뒈져,
이 개자식아.
콰앙
숨통을
끊어주마
아아!!
꾸욱 꾸욱
꾸욱
쾅
와ㅡ
하하하.
별것도 아닌
놈이네.
쾅

백 년 이상 이어졌던 도우마의 의식은 여기서 막을 내렸다.

콰앙!

이노스케가 발로 아직 다리 위에 약간 남아 있던 도우마의 먼지를 있는 힘껏 짓밟았다.

빼앗겼던 멧돼지 가죽도 어딘가로 가 버려서 맨 얼굴이 훤히 드러난 채였다. 비스듬히 십자로 베인 가슴의 상처에는 굳어서 응어리진 피가 엉겨붙어 있었다.

"별거 아닌 놈이네! 와~하하하!"

양손에 일륜도를 쥐고서 몇 번이고 몇 번이고 먼지를 쾅쾅 밟고 또 밟았다.

"숨통을 끊어 주마아아!!"

급기야 먼지 위에 올라가서 몸을 비틀어 꾸욱꾸욱 짓뭉갰다.

그러고는 호쾌하게 상체를 젖혀서 천장을 올려다보며 우렁차게 외쳤다.

"원수는 갚았다! 와~하하하하!"

그러나 이노스케의 체력은 이미 한계였다. 눈앞이 핑핑 돌아서 "커흑." 소리를 내며 엉덩방아를 찧었다.

통증 때문에 눈을 까뒤집고 거친 숨을 연신 몰아쉬었다.

마침내 원수를 갚았다. 모친의 원수를.

줄곧 없다고 여겼던 모친의….

"나한테 모친은 없어!!!"

탄지로와 젠이츠에게 씩씩 화를 내면서 호통을 친 적이 있었다.

그것은 이노스케가 암주 히메지마 교메이의 주 훈련에 동기인 탄지로와 아가츠마 젠이츠, 이렇게 셋이서 참가했을 때의 일이었다.

도장에서 단련하던 중에 이노스케가 그렇게 말하자, 탄지로는 서글픈 듯이 눈썹을 내려트렸다.

"누구한테나 다 있어, 엄마는."

"그렇다면 난 버려진 아이니까, 모친은 내가 필요 없었던 거겠지."

그러자 어디에서든 튀는 노랑머리를 한 젠이츠가 응수했다. 자신의 처지를 떠올리고 분개한 듯했다.

"피치 못할 사정이 있었겠지. 진짜로 버린 아이라면 포대기에 이름도 안 박혀 있어, 나처럼."

"흥! 난 모친에 대한 기억이 없어. 기억이 없으면 아예 없는 거나 마찬가지야."

"달라, 이 멍충아."

언제나처럼 말다툼이 시작되려는 찰나에 탄지로가 끼어들었다.

"그런 식으로 말하지 말아 줘. 이노스케."

탄지로는 진심 어린 눈빛으로 이노스케를 바라봤다.

"너희 엄마는 분명 널 많이 사랑하셨을 거야."

이노스케의 머릿속에 그때 탄지로가 건넨 말과 표정이 떠올랐다.

아직도 가쁜 숨을 헉헉 몰아쉬면서 이노스케는 멍하니 주저앉았다.

모친은 포대기에 이름을 박아 줬다. 그리고.

"이노스케."

갓난아기였던 이노스케를 보고 웃으면서 부드럽게 뺨을 비볐던 일을 떠올렸다.

너희 엄마는
분명
널 많이
사랑하셨을
거야.
헉
헉
이노스케.

이노스케와 많이 닮은 아름다운 얼굴에, 똑같은 비취색 눈동자를 가진 코토하라는 이름의… 엄마.

깨닫고 보니 이노스케는 닭똥 같은 눈물을 뚝뚝 흘리고 있었다.

"엄마…."

어깨를 축 늘어트리고 중얼거렸다. 눈물은 하염없이 흘러내려서 멈추지를 않았다.

한편, 카나오는 이노스케가 있는 곳과는 떨어진, 다리의 잔해가 둥둥 떠 다니는 연못 안에 서 있었다.

왼손에 꼭 쥐고 있는 것은 날개 테두리가 분홍색인 나비 모양의 머리 장식. 전투 중에 풀려서 떨어진 탓에 한쪽 날개가 부서지고 말았다.

그것을 가슴에 꽉 누르듯이 쥐고는 오른손으로 연못 안을 뒤졌다.

'장식…. 머리 장식…. 시노부 언니의 머리 장식….'

날개 테두리가 보라색인 머리 장식. 도우마가 시노부의 머리카락에서 잡아떼는 것을 보았다.

이 방에서 싸웠으니 틀림없이 연못 어딘가에 떨어졌을 것이다. 어딘가에.

물속을 첨벙첨벙 이동하고, 몇 번씩 허리를 숙이면서 연못 안을 뒤졌다.

얼굴도 팔다리도 상처투성이라서 온몸이 아팠다. 게다가 두 눈에서는 피눈물이 흘러내렸다.

본인은 아직 알아차리지 못했지만, 특히 오른쪽 눈은 눈동자가 허옇게 변색되고 말았다. '피안주안'을 사용한 탓이었다.

'오른쪽 눈이 거의 안 보여. 단시간밖에 안 써서 이 정도로 끝난 거야.'

왼손에 든 머리 장식을 소중하게 꼭 쥐었다.

'카나에 언니의 머리 장식도 부서져 버렸어.'

이 분홍색 테두리의 머리 장식은 카나에의 유품이었다.

그녀가 죽은 뒤에 시노부가 두루마기를, 카나오가 머리 장식을 물려받아 착용했다.

카나에의 유지를 계승하고, 카나에와 함께 지내며 두 사람은 싸워 온 것이었다.

'미안해, 언니… 미안해.'

연못을 걸어가다가 자세를 낮추기를 반복하고, 물속으로 손을 넣었다.

'내가 그때 울지 못해서 미안해.'

시력이 떨어진 눈을 가늘게 뜨면서 마음속으로 끊임없이 사과했다.

'카나에 언니가 죽었을 때, 울지 못해서 미안해.'

카나에의 유골을 납골당에 모신 그날, 카나오는 울지 못했다.

코쵸우 가문의 묘비 앞에서 다른 5명… 시노부와 아오이, 키요, 스미, 나호 삼인방은 나란히 웅크려 앉아 두 손을 모았다.

가운데에 앉은 시노부는 말없이 눈물만 흘리고 있었다.

키요는 그 어깨에 매달려서 흐느꼈다.

나호는 아예 납작 엎드려서 엉엉 울었다. 아오이는 고개를 푹 떨궜고, 스미는 얼굴을 두 손으로 가렸다.

넋을 잃고 슬퍼하는 5명 뒤에서, 카나오는 양손을 몸 앞에 모은 채 어색하게 서 있었다.

'다들 울었는데, 나만 울지 않았어. 몹시 동요해 있었지만….'

긴장하거나 동요하면 언제나 땀범벅이 되고 몸이 움직여지지 않았다. 아무 말도 할 수 없게 돼 버렸다. 그날도 그랬다.

온몸에 땀만 뻘뻘 날 뿐, 눈물은 나오지 않았다.

'하지만 아무도… 아무도 날 비난하지 않았어.'

땀으로 젖은 카나오의 손을 시노부는 부드럽게 잡아당겨서 살며시 껴안아 줬다. 흐느껴 우는 자그마한 키요가 두 사람에게 매달렸다.

다들 친절했다.

'그래서 마음속으로 잔뜩 변명만 늘어놓았어.'

울지 못하는 이유를 마음속에서 늘어놓고 또 늘어놓았다.

카나오는 가난한 집에서 태어났다. 형제자매는 11명. 지저분한 집에서 다들 누더기 같은 기모노를 입고 언제나 굶주려 있었다.

심지어 부모는 걸핏하면 아이들을 때렸다.

'울면 걷어차이거든. 짓밟히거든. 질질 끌려다니고 물독에 처박히거든.'

언제부터인가 카나오는 부모가 다음에 어떤 행동을 취할지를 유심히 관찰함으로써 예측할 수 있게 되었다.

'동작을 자세히 보지 않으면, **안 좋은 곳**을 얻어맞아 다음 날 아침에는 차갑게 식어 있던 형제도 여러 명 있었어.'

줄곧 그렇게 살아와서. 울지 않으려고 노력해 와서.

갑자기 울 수가 없었어.

미안해.

미안해, 언니.

'그래도 나, 이번엔 잘했지? 열심히 했지?'

카나오는 무한성의 연못 방에서 두 번 다시는 만나지 못할 언니들에게 물었다.

시노부의 머리 장식을 필사적으로 찾으면서.

'언니가 시킨 대로 동료들을 소중히 여겼더니, 도와주었어.'

동기 대원인 탄지로, 젠이츠, 이노스케, 시나즈가와 겐야도, 탄지로와 함께 행동하는 네즈코도 좀처럼 마음을 열지 못했던 카나오를 어엿한 동료로서 받아들여 줬다.

'혼자선 무리였는데, 동료가 와 주었어.'

도우마에게 일륜도를 빼앗겨 절체절명의 위기에 빠졌을 때, 이노스케가 방 안으로 뛰어들어 와서 함께 싸워 줬다.

그 덕분에 도깨비인 도우마를, 언니들의 원수를 쓰러트릴 수 있었다….

그때였다.

'앗….'

연못 속에 반짝반짝 빛나는 물체가 있었다.

카나오는 황급히 물속으로 오른손을 넣어서 그것을 집어 올렸다.

그것은 테두리가 보라색인 나비 모양 머리 장식이었다.

시노부의 머리 장식.

카나오는 등을 둥글게 말고 양팔을 확 끌어당겨서 2개의 머리 장식을 품에 꼭 끌어안았다.

그러자 그녀의 정수리 부분이 마치 누군가의 손길이 닿은 것처럼 서서히 따스해졌다.

"애 많이 썼어."

그리운 손이 하나, 둘. 물에 흠뻑 젖은 카나오의 머리를 다정하게 쓰다듬었다.

카나에와 시노부의 숨결을 느꼈다.

"카나오."

두 사람이 자신의 이름을 불러 준 것만 같아서 카나오는 고개를 번쩍 들었다.

하지만 그곳에는 아무도 없었다.

있을 리가 없었다. 카나에와 시노부는 이미 저 먼 곳으로 떠나 버렸으니.

두 사람은 지금 굉장히 화창한 장소에 있었다.

파앗
애 많이 썼어.
카나오.

대원복이 아닌, 몹시도 아름답고 화사한 기모노를 입은 자매는 사이좋게 손을 잡고서 웃고 있었다.

낙원 같은 그 장소는 벚꽃 잎이 춤추고, 등꽃이 하늘하늘 흔들리며, 피안화마저 피어 있었다.

가벼운 발걸음으로 달리는 두 사람은 마치 맑은 하늘을 나는 행복한 나비들 같았다.

먼저 그곳에 와서 기다리던 아버지와 어머니가 두 딸을 발견하고 힘차게 손을 흔들었다.

“아빠, 엄마!”

카나에와 시노부는 더없이 환하게 웃으며 부모님의 품으로 뛰어들었다….

2개의 머리 장식을 품에 안은 카나오는 끝내 참지 못하고 울음을 터트렸다.

지금까지 울지 못했던 눈물이 이제야 왈칵 넘쳐흘렀다.

목이 멘 채, 어깨를 바들바들 떨면서 카나오는 한참을 흐느껴 울었다.

아빠.
엄마!

귀멸의 칼날

제 3 화 너무 힘이 들어간 것뿐

'으음, 탄내~ 조금만 더 자게 해 줘.'

상현3 아카자를 쓰러트린 후 그대로 기절한 탄지로는 꿈속에서 중얼거렸다.

배 위에서 뭔가가 움직이는 기척과 함께 "까악~" 하는 까마귀 울음소리가 들렸다.

그나저나 왜 이렇게 탄내가 나지…?

'불이다!!'

그렇게 생각한 순간, 눈을 번쩍 뜨고 후다닥 일어났다. 배 위에 올라타 있던 꺾쇠 까마귀가 다급히 날아올랐다.

'꺾쇠 까마귀'란 귀살대에 입대하면 지급받는 까마귀(참새도 한 마리 있지만)다. 대원끼리나 큰 어르신과의 연락 담당이라는 역할을 맡으며, 사람의 말을 구사할 수 있다.

지금은 무한성 내부에 들어온 대원과 대원 사이만이 아니라, 지상에 있는 사령부와의 연락도 이 꺾쇠 까마귀들이 전달하고 있었다.

몸을 일으킨 탄지로는 저도 모르게 큰 소리를 냈다.

"우앗!!"

활활 타오르는 모닥불 앞에 상의를 벗은 기유가 뚱한 얼굴로 앉아 있는 것이 아닌가. 탄내가 나던 것은 이 모닥불 때문이었다.

벽의 파편을 토대로 삼아 피운 그 모닥불은 딱 적당한 크기로 타오르고 있었다.

잘 보니 기유는 불길에 일륜도를 넣어서 도신을 달구는 중이었다.

"뭐 하시는 거예요?! 칼날의 이가 빠졌어요?"

"지혈을 해도 피가 멎질 않아 상처를 지지려고."

"네…?"

지져?!

평상시처럼 표정 변화가 없는 기유였지만, 얼굴과 몸은 상처와 멍투성이라서 안쓰러울 정도였다.

어깨와 가슴팍을 비롯한 몸 여러 군데에서 피가 흐르고, 오른팔에 지혈용 붕대를 감아 놨다.

하지만 탄지로도 비슷한 처지였다. 머리에는 붕대가 감겨져 있었다. 분명 잠든 사이에 기유가 감아 준 것이다.

"네 왼쪽 팔뚝에 난 상처도 지혈하긴 했는데, 아직도 출혈이 멈추지 않았으면 지져야 되니까 옷 벗고 이리로 와."

탄지로는 반사적으로 왼쪽 팔뚝을 누르고 어색한 미소를 지었다. 지지는 것은 조금 내키지 않았다.

"아… 네."

"뼈에 이상은 없고?"

곧바로 이곳저곳의 뼈를 만져서 확인했다.

"어어, 어어어… 네엣!! 타박상뿐이에요!"

"적의 습격에 대비해 주의를 게을리하지 마."

"네!"

자리에서 벌떡 일어나 중심을 낮추고 칼을 겨눴다.

"잘 알고 있겠지만, 이 싸움은 아직 초반이다. 최종 목표는 무잔. 하지만 다음번에 또 상현1이나 2와 싸우게 될지도 몰라.”

기유의 담담하면서도 진지한 목소리를 들으면서 탄지로는 다시 마음을 다잡았다.

“…네!!! 바짝 긴장하겠습니다!”

그러자 그때.

“까아악!”

방금 전에 탄지로의 배에 올라타 있던 꺾쇠 까마귀가 카랑카랑한 울음소리를 내며 머리 위를 선회하더니 바닥에 내려앉았다.

“시노부! 카나오!! 이노스케!! 이 세 명이!! 상현2 격파!! 격파아아아!!”

“!!”

두 사람은 숨을 삼켰다. 탄지로는 겨누고 있던 칼을 내리고 까마귀에게 다가갔다.

“이노스케와 카나오는 무사한 거야?”

“가까스로오오!”

‘굉장하다… 굉장해!! 굉장한 일이야, 이건. 각자 승리를 거두고 있다.’

두근, 두근, 두근.

탄지로의 심장이 방망이질하듯 빠르게 뛰었다.

'무잔에게 다가가고 있어!!'

그 무렵.

"아~앗!!"

무한성의 다른 장소에서는 연주(戀柱) 칸로지 미츠리가 뭔가를 발견해 소리치고 있었다.

대원복 위에 하얀 두루마기, 무릎 위까지 올라오는 긴 양말을 신은 미츠리. 땋아 내린 벚꽃색 머리카락은 끄트머리로 갈수록 연두색으로 물들어 있었다.

그 땋은 머리를 휘날리면서 까마득한 아래쪽 공간을 손가락으로 가리켰다.

"찾았다. 이구로 씨, 저쪽이야!"

사주(蛇柱) 이구로 오바나이가 흰색과 검은색의 세로 줄무늬 두루마기를 나부끼면서 돌아섰다.

좌우 색깔이 다른 눈동자를 지니고, 입가를 붕대로 가린 이구로. 그 목에 언제나 휘감겨 있는 흰 뱀 카부라마루도 힐끔 돌아보며 반응했다.

함께 달려온 미츠리와 이구로가 도착한 이 장소….

방이라기보다는 마치 거대한 쪽매붙임 상자 여러 개를 아무렇게나 짜맞춘 것 같은 공간이었다.

벽이 있어야 할 장소에 어째선지 다다미 바닥이나 나무 천장이 있었다.

바닥이 있어야 할 장소에 흙벽이나 맹장지가 있고, 천장에는 장지문이나 다다미 바닥이, 혹은 천장이 없어서 방의 내부가 훤히 보이는 곳도 있었다.

미츠리 일행이 서 있는 장소에서는 미로처럼 복잡하게 뒤얽힌 기묘한 공간이 펼쳐졌다.

그 한 구석에 도깨비가 있었다… 비파를 손에 든 여자 도깨비.

넓은 나무 바닥 가장자리에 깔린 다다미 위에 정좌하고 채로 비파를 켜고 있었다.

디잉!

도깨비 뒤쪽의 벽에는 긴 머리카락이 마치 넝쿨처럼 넓게 뻗어 있었다. 벽 한 면 전체에 펼쳐진 그 머리카락은 무한성과 일체화돼서 혈관처럼 맥동했다.

눈은 얼굴 한가운데에 1개뿐. 그 눈동자의 글자는.

"상현…."

도깨비의 거대한 눈이 번뜩 움직였다. 미츠리는 그것에 새겨진 '肆' 자를 확인했다.

"4야!"

이구로가 미간을 찡그렸다.

"상현4…!! 분명 토키토 일행이 쓰러뜨렸는데. 벌써 충원된 건가?"

상현4는 '한텐구'라는 도깨비였다. 얼마 전에 도공 마을이 한텐구와 상현5 굣코에게 습격당했고, 하주(霞柱) 토키토 무이치로와 미츠리, 탄지로 일행이 고전을 펼친 끝에 해치운 바 있었다.

그 이후로 시간이 그리 오래 지나지도 않았는데 벌써 되었을 줄은….

새롭게 상현4로 승격된 이 도깨비… 나키메를 미츠리는 매섭게 쏘아봤다.

'나보다 어린 시노부가 목숨 걸고 애쓰다 갔어.'

꺾쇠 까마귀가 전하는 정보를 통해 시노부가 목숨을 잃었다는 것은 이미 알고 있었다.

같은 여성 주끼리 친하게 지냈던 시노부. 정말로, 정말로 슬프지만, 지금은 울고 있을 여유는 없었다.

미츠리는 일륜도의 칼자루를 꽉 쥐었다. 그 벚꽃색 도신은 채찍처럼 얇으면서 가늘고 긴 독특한 형상이었다.

'나도….'

가볍게 공중제비를 돌더니 벽을 타앗 박차서 반동을 넣었다.

근육의 밀도가 일반인의 8배나 되는 미츠리는 몸이 유연한데다 힘도 셌다. 그 탄력을 살려서 이대로 나키메가 있는 장소까지 뛰어내릴 계획이었다.

'노력해야 해!!'

활공해서 나키메에게 충분히 접근한 것을 확인하고는 유연한 움직임으로 칼을 휘둘렀다.

슈웅!

기다란 띠 같은 칼날이 호를 그리며 공중을 가르는 소리가 났다. 이 일륜도는 낭창낭창한 움직임이 특기인 미츠리밖에 다루지 못하는, 오직 그녀만을 위해 만들어진 칼이었다. 그러나.

나키메가 디잉 하고 비파의 현을 튕긴 순간, 그때까지 아무것도 없었던 공간에 널문 한 장이 나타났다.

"어어?!"

널문은 방패처럼 떡 버티고 서서 나키메를 보호했다.

콰앙!

미츠리는 얼굴부터 널문에 격돌해 튕겨 나가서 한참 아래까지 뻥 뚫린 공간으로 떨어지고 말았다.

그러는 동안 나키메는 안색 하나 바꾸지 않았다. 널문은 물론이고 아예 미츠리 쪽으로 시선을 돌리는 법도 없이.

한편, 추락 중인 미츠리는 얼굴을 새빨갛게 물들이면서 뿜어져 나온 코피를 주먹으로 억눌렀다.

'차… 창피해, 창피해!! 약간 조급했어. 힘이 너무 많이 들어갔어. 내가 뭘 하고 있는 거람?!'

추락하는 미츠리를 이구로가 재빨리 날아가 받아 냈다. 그는 미츠리를 가볍게 양팔로 안고는 그대로 벽과 기둥을 박차고 날아서 안전한 장소에 착지했다.

창피한 나머지 새빨개진 얼굴로 등을 돌린 채 일어서는 미츠리에게, 이구로도 등을 맞댄 상태로 말했다.

"칸로지."

그의 목에 감긴 흰 뱀 카부라마루도 미묘한 표정을 짓고 있었다.

"상대방의 능력을 모를 때는 자세히 보고 깊이 생각하며 냉철하게 싸우자."

"…으응."

타이르는 이구로에게 들릴 듯 말 듯한 목소리로 대답한 그때.

디잉!

또다시 울리는 비파 소리.

별안간 두 사람이 발을 딛고 서 있던 바닥이 사라졌다. 미닫이문처럼 좌우로 열린 것이다. 마치 함정 같았다.

하지만 두 사람은 즉시 반응했다.

미츠리는 구멍 가장자리를 붙잡아 뛰어올랐고, 이구로는 공중제비를 돌았다.

탁, 탁 소리와 함께 구멍을 사이에 두고 각자 안전히 착지했다.

그러나 미츠리가 내려앉은 바닥이 또다시 옆쪽으로 미끄러져 열렸다.

아슬아슬하게 다른 장소로 뛰어들자 또다시 그곳이 열렸다. 이것이 계속 되풀이됐다.

쿵
슈웅ー…
……
차, 창피해, 창피해!!
약간 조급했어. 힘이 너무 많이 들어갔어. 내가 뭘 하고 있는 거람?!
파앙
파앙
탁
칸로지.

미츠리는 팟, 팟, 팟 하고 공처럼 튀어 오르면서 착지할 수 있는 장소를 찾았다.

한편, 이구로가 내려앉은 장소에는 길고 거대한 상자가… 아니, 방 덩어리가 열차처럼 엄습했다.

장지문과 널문, 다다미 바닥, 맹장지로 이루어진 그 덩어리는 이구로를 짜부라트리려고 돌진해 왔다. 그것을 가볍게 피하자.

콰아앙!

방은 직진해서 벽에 충돌했다. 한순간이라도 늦었다면 확실하게 짓눌렸으리라.

그러나 숨을 돌릴 새도 없이 또 다른 방들이 이구로를 노리고 차례차례 몰려왔다.

콰앙! 콰앙! 콰앙!

밀려드는 모든 방들을 피하면서 질주한 이구로는 미츠리와 상당히 멀어지고 말았다.

"이구로 씨!!"

미츠리가 외쳤다. 그 직후에 그녀의 발밑이 흔들려서 중심을 잃고 휘청거렸다.

"꺄악!"

미츠리가 서 있던 가로세로 한 간*쯤 되는 장소가 그녀를 태운 채 분수처럼 위쪽으로 솟아오른 것이다.

"꺄아아아아악!!!"

벌러덩 쓰러진 미츠리의 등이 아래쪽으로 짓눌렸다. 가속의 압력이 가해져서 움직일 수가 없었다. 천장이 점점 가까워졌다.

이대로 가다간 충돌한다!

"으아~악, 짜부러진다!!"

미츠리는 얼굴이 새빨개지도록 압력에 저항해 "끄으~응!!" 하고 힘을 주더니, 똑바로 누운 자세 그대로 일륜도를 상하좌우로 휘둘렀다.

넘실거리는 칼은 쵸아악 하는 굉음을 울리며 미츠리를 태운 방을 때려서 갈라지게 해 파괴했다.

무너지면서 생긴 틈새로 미츠리가 뛰어내린 다음 순간.

콰앙!

방은 천장에 격돌해 산산조각이 났다.

정말 간발의 차였다. 미츠리는 꺄악 비명을 지르면서 잔해

※한 간 : 약 1.8m.

속을 날았다.

하지만 날아가면서도 흥분으로 뺨을 붉게 물들이고, 미소까지 띠면서 재빨리 벽을 박차고 올라갔다.

"건물 자체를 수족처럼 움직일 수 있구나? 오호라, 조금 놀라긴 했지만, 괜찮아, 후훗!"

심장이 두근거렸다. 놀라기는 했어도 가슴이 뛰었다. 질 수는 없었다. 어떤 능력을 사용하는지 알아낸 이상, 다음에야말로 비파 도깨비를 해치우고야 말겠다.

도깨비가 있는 공간으로 곧장 날아가서,

"각오해라~!!"

라며 칼을 들고 나키메에게 달려들었다.

디디잉.

아까는 이 소리가 난 직후에 널문 방패가 나타나서 미츠리를 튕겨 냈다.

"나도 똑같은 수법엔 안 당해!!"

눈을 치켜뜨며 소리쳤다. 예상대로 또다시 널문이 나타났다!

그것을 공중제비를 돌아 뛰어넘고, 나키메마저도 넘어서 반대편까지 빙 돌아 들어갔다.

"이야압!"

아직 공중에 떠 있는 동안 칼을 휘둘러서 나키메를 베고자 했으나….

디잉!

미츠리가 착지하려고 한 공간에 이번에는 열린 미닫이문이 나타나서 그녀의 몸을 집어삼켰다.

대책을 이중으로 준비해 놓은 상대가 한 수 위였다….

이곳 무한성은 혈귀술로 만들어 낸 이공간이었다. 장지문이나 맹장지의 너머가 어디로 이어질지 알 수 없었다.

미츠리의 몸은 도깨비가 있는 방 아래쪽의 널문을 통해 휙 배출되어서 밑으로 떨어졌다.

열받고 창피하기까지 한 상황. 미츠리는 뾰로통한 표정으로 "으윽~!" 하고 분개하면서 그대로 한없이 이어지는 공간으로 추락했다.

미츠리의 공격이 어이없이 불발에 그치자 이구로가 바통을 이어받았다.

슈웅!

나키메의 목 바로 옆에서 연보랏빛으로 빛나는 이구로의 칼이 공기를 날카롭게 갈랐다. 이구로가 위쪽에서 접근해 꿈틀

슈웅
뱀의 호흡 제2형,
협두(狹頭)의 독니.
!!
디잉!

꿈틀 물결치는 형상의 일륜도로 공격한 것이다.

"뱀의 호흡 제2형 협두(狹頭)의 독니."

무시무시한 투기와 함께 넘실거리는 칼놀림이 마치 엄니를 드러낸 큰 뱀처럼 나키메를 덮쳤다.

이구로는 이렇게 '물결치는' 칼을 사용해 자유자재로 변화하면서 정확하기까지 한 검술을 펼쳤다. 좁은 틈새에서도 어려움 없이 칼날이 빠져나갈 수 있을 정도로 섬세한 검기는 꾸준한 단련의 산물이었다.

하지만 나키메의 반응도 빨랐다.

디잉!

"!!"

비파를 한 번 튕기자 나키메가 있던 방이 위쪽으로 슈욱 솟아올랐다.

그 가속력에 뿌리쳐진 이구로는 반사적으로 혀를 찼다.

"쳇!"

'혈귀술의 살상 능력은 그렇게까지 크진 않지만, 번거롭고 골치 아프기론 단연 최고로군!'

추락하면서도 자세를 재정비해서, 줄무늬 두루마기를 나부끼며 착지했다.

'이건 부아가 치미는 장기전이 되겠어.'

한편, 추락해서 다른 장소에 도달한 미츠리는 잔뜩 화가 나서 큰 소리로 투덜거리고 있었다.

"어휴~!! 한참 밑으로 떨어졌잖아!! 에잇~!!"

제 4 화 소스라치게 놀라 전율하다

나키메의 조작에 따라 시시각각 모습을 바꾸는 무한성.

그 안에서 다른 귀살대 대원들도 무잔을 찾아 질풍처럼 이리저리 달렸다….

"키부츠지가 있는 곳에 거의 다 왔다. 방심하지 마!"

암주(岩柱) 히메지마 교메이와 하주 토키토 무이치로는 방이라고도, 복도라고도 볼 수 없는 장소를 쉬지 않고 달리고 있었다.

앞서 달리는 사람은 철퇴와 손도끼를 쇠사슬로 연결한 일륜도를 든 히메지마.

그 철저히 단련된 커다란 체구로 펼치는 공격은 예리하면서 묵직했다. 어릴 적 앓은 병 때문에 시력을 잃었음에도 그는 귀살대 최강의 검객으로서 칭송받았다.

히메지마를 따라 달리는 무이치로는 그의 말에 다시 한번 마음을 긴장시키고 대답했다.

"네!"

14살. 그는 최연소의 나이로 주가 된 천부적인 재능을 지닌 검객이었다.

도공 마을이 도깨비에게 습격받았을 때, 상현5 굣코를 홀로 쓰러트렸다. 그때 뺨과 이마에 반점을 발현시켰다.

무이치로가 대답한 직후, 히메지마의 귀가 건물이 미세하게 삐걱거리는 소리를 감지했다. 수상한 낌새였다.

"토키…."

뒤를 돌아본 순간, 콰앙! 하는 무시무시한 소리가 울려 퍼졌다.

벽의 일부가 고속으로 튀어나왔다. 그것은 상자 같은 덩어리가 되어 히메지마의 뒤에서 달리던 무이치로를 밀어내면서 미끄러지듯 이동했다.

"토키토!"

"저는 상관하지 말고 계속 가세요!"

무이치로는 소리친 다음 자신이 처한 상황을 침착하게 확인했다. 이 상자가 나아가는 곳은… 활짝 열린 맹장지 너머로 보이는 방 같은 공간…. 이대로 가다가는 좁은 공간에 처넣어질 것이다!

쿵!

상자가 공간에 꽂히고, 그 충격으로 상자도 방도 무참히 파괴됐다.

"……!!"

맹장지 너머까지 밀려들어오고 만 무이치로는 몸을 비틀어서 잔해와 함께 아래로 떨어졌다.

허리를 숙인 안정적인 자세로 바닥에 착지했다. 위쪽에서 산산조각 난 나무 파편과 벽의 잔해가 떨어졌다.

잔해의 비가 그치고 나니 주위가 조용해졌다.

그곳은 방금 전까지와는 전혀 다른 고요한 공간이었다.

한없이 넓은 방… 하지만 우뚝 솟은 무수한 검은 기둥들과 이곳저곳에 놓인 격자문 때문에 시야가 트이지 않았다.

위쪽은 천장도 보이지 않아서 검은 기둥이 어디까지 뻗어 있는지 알 수 없었다.

무이치로는 고개를 들고 숨을 삼켰다.

시야의 끝에 젊은 무사 같은 모습을 한 남자가 서 있었다.

큰 체구. 붉은 기가 도는 긴 검은 머리카락을 하나로 묶었고, 허리에는 칼. 기모노는 검은색과 보라색의 격자무늬, 하카마도 검은색…. 당당하게 서 있는 모습. 심상치 않은 위압감을 풍기면서 남자는 말했다.

"왔구나… 도깨비 사냥꾼…."

"!!"

기묘한 풍모의 그 검객은 도깨비였다.

"응…? 너는…."

도깨비는 그렇게 말하며 허리에 찬 칼의 칼자루로 손을 가져갔다. 그 칼자루는 물론이고 날밑에도 눈알이 빼곡히 줄지어 박혀 있었다.

"뭔가… 그리운… 기운이 느껴지는데…?"

도깨비의 얼굴에는 붉은 눈이 6개 있었다.

그중 2개의 눈동자에 '상현', '1'이라 새겨져 있는 것을 무이치로는 알아차렸다.

'상현… 1…!!'

무이치로도 재빨리 일륜도의 칼자루를 쥐고 경계 태세를 취했다.

그의 이름은 '코쿠시보'라고 했다.

그는 도깨비 사냥꾼 소년을 뚫어져라 응시했다.

그러자 차츰 소년의 헐렁한 대원복이 투명해지고, 피부가 투명해져서 근육과 뼈가 보이기 시작했다.

군더더기가 일절 없는 아주 잘 단련된 훌륭한 육체. 심지어 그 안을 흐르는 피는 친숙하게 느껴졌다.

"으음…. 역시… 맞구나…."

뭔가를 눈치챈 도깨비는 소름끼치는 6개의 눈을 가늘게 떴다….

그에 맞서는 무이치로의 심장이.

두근, 두근….

이제까지 경험해 본 적 없을 정도로 격렬하게 고동하기 시작했다.

'이것이… 상현1….'

다른 상현들과는 비교도 되지 않았다. 중후한 자태, 위엄마저 느껴졌다.

그리고 칼. 기괴하지만… 칼을 가지고 있었다.

'이 작자, 혹시… 도깨비 사냥꾼이었나? 그것도 상당한 고수인….'

무이치로는 칼자루를 잡은 자신의 손이 갑자기 심하게 부들부들 떨리기 시작한 것에 충격을 받았다.

"!!"

공포심이 가시질 않았다. 몸이 전투를 거부했다.

'이런 일은 난생처음이다.'

그러자 도깨비가 예상 밖의 질문을 던졌다.

"너… 이름이… 무어냐…?"

"! ……."

순간 망설였지만, 솔직하게 대답했다.

"토키토… 무이치로."

"오호라… 그래…?"

도깨비는 칼자루에서 손을 떼더니 어쩐지 아쉽다는 것처럼 고개를 떨궜다.

"끊겼나 보구나, '츠기쿠니'라는 이름은…."

"…츠기쿠니? 누굴 말하는 거야?"

무이치로는 눈을 동그랗게 떴다. 오른손은 아직 칼을 뽑을 준비를 하고 있었다.

"하긴, 수백 년도… 더 됐으니… 어쩔 수 없는… 일이지…."

위엄 있는 말투로 도깨비는 말했다.

"내가… 인간이었던 시절의 이름은 츠기쿠니 미치카츠…."

그 목소리에서는 품격마저 느껴졌다.

"너는… 내가… 츠기쿠니 가에 남기고 온… 자식의… 후예…."

코쿠시보는 천천히 왼손을 들더니 무이치로를 손가락으로 가리켰다.

"말하자면… 내 자손이다…."

무이치로의 표정이 얼어붙었다. 등줄기에 식은땀이 흘러내렸다.

'자손…?! 내가?! 이놈의?!'

설마…. 믿을 수 없었다.

'그렇다면 이 작자는 시작의 호흡을 쓰는 검객?!'

그것은 무이치로가 아직 귀살대에 들어오기 전….

큰 어르신의 아내인 아마네가 산속에 위치한 토키토 가를 찾아왔었다. 그 무렵에 무이치로는 쌍둥이 형인 유이치로와 살고 있었는데, 아마네는 바로 두 사람을 찾아다녔다고 말했다.

유이치로와 무이치로가 모든 호흡의 시작이 된 검객의 자손이라면서.

시작의 호흡 검객들은 모두 반점이 발현됐다고 전해진다. 확실히 이 여섯 눈 도깨비에게는 반점이 있었다. 이마부터 관자놀이에 걸쳐서, 그리고 입가에서 목에 걸쳐서 불꽃같은 반점이 있었다.

도깨비 사냥꾼이던 남자가… 심지어 시작의 호흡의 검객이, 어째서 도깨비 따위가?

'진정하자!! 이성을 잃지 마. 상관없는 일이니까. 진정해!!'

무이치로는 자신을 꾸짖었다. 그러자 금방 손의 떨림이 멎고 침착함을 되찾았다.

도깨비는 자신의 턱을 손으로 매만지면서 물건의 값을 매기는 눈빛으로 무이치로를 바라봤다.

"으음…. 정신력도… 나무랄 데… 없는 것 같군…. 순식간에… 동요를… 가라앉혔어…."

선조가 됐든, 시작의 호흡의 검객이 됐든 이놈은 도깨비다. 수많은 동료를 죽이고, 형 유이치로를 찢어발겨서 죽인 도깨

너는… 내가… 츠기쿠니 가에 남기고 온…
자식의… 후예….
말하자면… 내 자손이다….

자손…?!
그렇다면
이 작자는
시작의 호흡을
쓰는 검객?!
내가?!
이놈의?!
설마….
믿을 수 없어.
진정하자!!
이성을 잃지 마.
상관없는
일이니까.
진정해!!
스윽
으음….
정신력도…
나무랄 데…
없는 것 같군….
순식간에…
동요를…
가라앉혔어….

비의 동족이다.

무이치로는 눈으로 따라가지도 못할 속도로 칼을 뽑아 단숨에 간격을 좁혔다.

두웅! 소리와 함께 발을 힘껏 내디뎠다.

"안개의 호흡 제2형 여덟 겹 안개!!"

안개처럼 새하얀 일륜도가 울부짖었다. 순식간에 펼쳐진 연격이었다.

딱 한 호흡 만에 정확한 궤도가 2겹, 3겹… 몇 겹이나 겹쳐져서 두께와 위력이 적을 집어삼켰다.

그런데.

"제법 훌륭한 기술이야…."

깨닫고 보니 무이치로의 등 뒤에서 목소리가 들렸다. 언제 이동했는지, 도깨비는 그의 뒤에 있었다.

도깨비의 자세에 한 치의 흐트러짐도 없었다. 당황하기는커녕 칼조차 뽑지 않았다.

"안개라…. 옳거니…. 나쁘진 않네…."

마치 품평을 하는 말투였다.

무이치로는 바로 이어서 공격을 펼쳤다. 도깨비가 뭐라 하든 그저 몰아칠 뿐.

"제5형 안개구름 바다!"

이번에는 고속의 연격. 눈 깜짝할 사이에 세밀한 연격을 수차례 펼쳤다.

종횡무진인 그 검격은 일대에 안개가 피어오른 것처럼 보이지 않을 정도였다.

그러나 칼을 휘두른 끝에 있었던 도깨비의 모습이 홀연히 사라지고, 다음 순간에는 다시 무이치로의 등 뒤에 나타났다.

역시 칼은 허리에 꽂혀 있는 채였다.

"무이치로…."

도깨비가 이름을 불렀다.

"나이는 한 열넷 정도 되었나…? 그 어린 나이에 그 경지까지 다듬어진 검술…."

무이치로는 상체만 돌려서 옆눈으로 도깨비를 노려봤다.

"비록 나에게 위축되긴 했지만, 그걸 억누르고 달려드는 담력."

역시 나의 후예, 라고 코쿠시보는 흡족하다는 듯 말했다.

"피는 많이 옅어졌겠지만… 그건 사소한 일이지…. 설령 이름은 끊겼어도… 나의 세포는 늘어나 남아 있었던 거야…."

"지금 우롱하는 거냐?"

두웅
안개의 호흡
제2형,
여덟 겹 안개!!

역시 나의 후예….
피는 많이 열어졌겠지만… 그건 사소한 일이지….
설령 이름은 끊겼어도…
나의 세포는 늘어나 남아있었던 거야….
지금 우롱하는 거냐?
설령 만에 하나 내가 네 후예라 할지라도,
수백 년이나 흘렀으면
네 피도, 세포도
내 안에는 한 조각도 남아있지 않아.
반점….
오호라…, 이미 나왔구나.

무이치로도 담담이 대꾸했다. 이제는 조금도 동요하지 않았다.

게다가 그는 은근히 독설가였다.

무이치로는 귀살대에 들어오기 이전의 기억을 잃고 있었지만, 도공 마을에서의 전투 중에 과거를 전부 떠올렸다. 병과 사고로 세상을 떠난 부모님의 기억도, 도깨비 손에 죽은 형의 기억도.

모진 말투는 형에게서 물려받은 것이었다. 기억을 되찾은 지금은 상당히 온화해졌지만, 그래도 가끔씩 독설이 튀어나왔다.

이런 상황에서는 더욱더.

"설령 만에 하나 내가 네 후예라 할지라도…."

그러자 그때.

무이치로의 이마와 양 뺨에 변화가 일어났다.

서서히 떠오르는… 반점!

"수백 년이나 흘렀으면 네 피도, 세포도 내 안에는 한 조각도 남아 있지 않아."

반점의 발동 조건은 2백이 넘는 심박수와 39도 이상의 체온.

안개의 호흡에 어울리는 구름 같은 형상의 반점은 점점 진해져서 윤곽이 또렷해졌다.

'반점….'

자신도 반점이 있는 코쿠시보는 놀라워하며 무이치로를 바라봤다.

'오호라… 이미 나왔구나.'

일찍이 시작의 호흡인 '해의 호흡'을 사용한 검객은 반점이 있었다. 코쿠시보의 후예인 무이치로 역시 반점을 지닌 자가….

갑자기 무이치로가 움직임을 멈췄다. 의식을 집중시키는 모양이었다.

"안개의 호흡 제7형 몽롱…."

아니, 미세하게나마 움직였다. 그 동작과 투기 때문인지 마치 그를 중심으로 안개가 낀 것 같은 착각이 들었다.

안개의 호흡을 사용하는 검객은 과거에도 본 적이 있었다. 하지만.

'처음 보는 기술이다. 안개의 호흡의 사용자는 이런 기술을 쓴 적이 없는데.'

그리고 다음 순간, 일륜도의 칼끝이 어느샌가 코쿠시보의 목에 거의 닿을 거리까지 엄습해 있었다.

슈와악!

하얀 도신이 미끄러지듯이 허공을 갈랐다. 그러나 이미 그곳에 코쿠시보의 모습은 없었다.

무이치로는 재차 움직임을 스윽 멈추고 의식을 집중시키고 있었다.

순식간에 이동한 코쿠시보는 도깨비 사냥꾼 소년을 매우 흥미롭게 지켜봤다.

'독특한 완급. 동작을 예측하기 힘들고, 교란도 겸한 기술.'

다른 자라면 현혹되었을 것이 틀림없었다. 아직도 안개 같은 환영이 보였다.

'실로 훌륭한 기술이구나. 유려하고 아름다워…. 무이치로가 만들어 낸 기술이겠지.'

코쿠시보는 마음을 정했다. 상체를 앞으로 약간 굽히고 중얼거렸다.

"이쪽도 뽑지 않으면… 예의가 아닐 터…."

"달의 호흡 제1형 암월(闇月) 밤의 궁궐."

그것은 정말 한순간에 일어난 일이었다.

코쿠시보의 칼이 한 번 번쩍였다. 초승달처럼 예리한 참격이었다.

다음 찰나, 무이치로의 왼쪽 손목이 절단되어서 피를 흩뿌리며 공중에 떠올랐다.

그렇게나 경계했건만 칼놀림을 눈으로 좇지 못했다!

손목에서는 피가 세차게 뿜어져 나왔다. 무이치로는 이를 꽉 깨물고 부상의 통증을 견뎠다.

'달의… 호흡…?!'

코쿠시보의 공격에 놀라면서도 동시에 몸은 자연스럽게 싸우기 위한 행동을 취하고 있었다.

'도깨비가 되고도 호흡을 쓰는 검술을 쓸 수 있단 말이야?'

우선은 지혈이었다.

출혈이 심하면 의식이 아득해져서 싸울 수 없다. 다행히도 오른손은 무사했다.

'다른 차원의 속도다.'

다음 공격에 대비해서 칼을 손에서 놓을 수는 없었다. 그렇다면 입이다.

무이치로는 찢어진 대원복의 왼쪽 소매를 왼쪽 팔뚝에 단단히 감고, 천의 끝자락을 이로 꽉 물어서 세게 잡아당겼다. 이런 식으로 위팔의 동맥을 압박해 둔다. 아직 손목에서 피는 흐르고 있지만, 잠시 동안이라면 어떻게든 될 터였다.

그리고 천을 문 채로 일륜도를 겨누고 바닥을 힘차게 박찼다.

칼을 다시 허리춤의 칼집에 넣고 서 있는 코쿠시보를 향해 망설임 없이 달려갔다.

훌륭하구나, 라고 코쿠시보는 마음속으로 감탄했다.

'팔을 잃자마자 곧바로 지혈. 그 후에 또다시 공격하려는 기개.'

한쪽 손을 잃었어도 칼을 쥘 수 있는 한은 싸울 수 있다!

'안개의 호흡 제4형 이류(移流) 베기….'

무이치로는 방금 부상을 당했다는 것이 믿기지 않는 속도로 도깨비의 목을 노리고 칼을 휘둘렀다… 그러나.

목에 닿기 직전에 도깨비의 오른손이 뻗어 와서는 일륜도의 받침쇠(도신과 칼자루를 연결하는 부품)를 손가락 사이에 끼워 막았다.

그대로 칼을 빼앗아 돌진해 오는 무이치로의 오른쪽 가슴을 찔렀다.

푸욱!

"크…!"

날카로운 통증이 가슴을 꿰뚫었다. 이륜도가 쇄골 아래쪽을 관통하고 등 뒤의 검은 기둥까지 통과했다.

꼬챙이 꿰듯이 몸을 찔린 것이었다.

발이 바닥을 딛지 못하고 떠 있었다. 칼로 검은 기둥에 고정당하고 말았다.

도깨비가 무이치로를 올려다봤다. 무이치로는 대원복 끝자락을 꽉 물고 얼굴을 일그러트리며 격통을 견뎠다.

"나의 후예여. 그분에게 널 도깨비로 만들어 달라고 해야겠다."

칼은 날밑 부분까지 살에 깊숙이 꽂혀 있었다.

끝내 무이치로의 이가 물고 있던 천을 놓았다. 양팔도 힘을 잃고 축 늘어졌다.

"내 세포를 가진 후예를 보니… 뜻밖에도 감개가… 몹시 무량하구나…."

"……."

핏기를 잃은 무이치로는 이를 악물고 코쿠시보를 노려봤다.

"너무… 염려할 것 없다…."

도깨비는 왠지 모르게 위로하는 목소리로 그렇게 말했다.

"팔은… 도깨비가 되면 다시 돋아나니까…. 이제 변변히 싸울 수 있는 상현도 나 하나뿐이니…. 그분도 널… 인정해 주실 거다…."

큰 부상을 입기는 했으나 무이치로의 의식은 아직 또렷했다. 하지만 기둥에 매달린 상태인 지금, 저항도 공격도 불가능했다.

"지혈은… 해 두마…. 인간은 약하니까…."

도깨비는 자신이 잘라 낸 무이치로의 왼팔의 상처 부위에 천을 감기 시작했다.

"그러나 설령… 실혈사하더라도…."

둘둘 감은 천의 끄트머리를 정성껏 묶었다.

"그분에게 인정받지 못하고… 끝내 죽는다 해도… 죽음이란 곧 숙명…."

제 5 화 본심

그때, 같은 방에서.

그들의 상황을 조금 떨어진 장소에서 몰래 바라보는 모습이 있었다.

머리통의 옆면을 바짝 깎은 머리 모양, 뺨에서 콧등에 걸친 기다란 흉터.

귀살대원인 시나즈가와 겐야였다.

겐야는 기둥과 기둥 사이에 세워진 격자문 뒤에 몸을 감추고 도깨비를 공격할 틈을 엿보는 중이었다.

"…그러니…."

도깨비의 목소리가 들려왔다.

상현1은 지금 기둥에 꽂아 놓은 무이치로에게 정신이 팔려 있었다.

"넌 그것밖에 안 되는 사내였다는 뜻이지…."

공격한다면 지금밖에 없었다.

겐야는 호흡을 사용하지 못해서 일륜도의 색깔을 바꿀 수가 없었다. 그래서 귀살대 내에서는 드물게 짤막한 일륜도와 더불어 총도 소지했다. 그것은 일륜도와 마찬가지로 탄환에 태양빛의 힘이 담겨 있었다.

한쪽 무릎을 꿇은 낮은 자세로 도깨비를 정확히 조준해서 총을 쥔 겐야는 방아쇠를 당겼다.

타앙, 타앙!

2발의 총성이 울려 퍼진 다음 순간이었다.

"그렇게 생각지 않느냐? 너도…."

겐야의 바로 뒤에서 도깨비의 목소리가 들렸다.

겐야의 심장이 철렁 내려앉고, 식은땀이 흘렀다.

이변은 곧바로 일어났다. 총을 쥐고 있던 겐야의 왼팔이 덜커덕 소리와 함께 팔꿈치까지 떨어져 나갔다. 눈치채지도 못한 사이에 절단당한 것이다.

그렇게 생각지 않느냐?
너도….
두근
주륵

"겐야…!!"

무이치로가 외쳤다. 그러나 기둥에 고정된 채로는 싸울 수 없다. 도우러 가지도 못한다. 어떻게든 이 상태에서 벗어나야 한다.

그는 몸을 관통한 일륜도의 칼자루를 쥐고 발로 기둥을 차서 몸을 앞쪽으로 밀어내려 했다.

"크으윽!"

움직일 때마다 전신에 격통이 퍼졌다.

그의 몸을 꼬챙이처럼 꿰뚫고 기둥까지 통과한 칼은 아무리 힘을 줘도 빠지지 않았다.

한편, 겐야는 남은 오른손으로 허리 뒤에 찬 일륜도를 칼집에서 빼내 휘둘렀다. 그러나 그 오른팔도.

"크아악…!!"

어깨 바로 아래부터 잘려 나가고 말았다.

신기한 것은 코쿠시보가 발도했다는 기척조차 없었다는 것이었다.

칼은 여전히 칼집에 들어 있고, 도깨비는 그저 그곳에 조용히 서 있었다… 아니, 참격의 동작이 너무 빠른 탓에 일련의 움직임을 눈으로 포착할 수 없는 것이었다.

"흐음…. 옳거니…."

코쿠시보의 6개의 눈은 양팔을 잃은 겐야를 내려다봤다.

"도깨비를 잡아먹고 다닌 게 너였구나…?"

좌악!

복부에 강렬한 충격을 느끼면서 겐야는 앞으로 꼬꾸라졌다.

바닥에 털푸덕 엎어진 그의 몸은 몸통이 두 동강 나 있었다. 입과 코에서 피가 흘러나와 바닥이 붉게 물들었다.

그 참상을 그저 지켜볼 수밖에 없는 무이치로는 소리가 되지 못한 비명을 질렀다.

"……!!!!"

그는 몸을 꿰뚫고 있는 칼을 뽑아내려고 필사적으로 애썼다. 몸이 부들부들 떨렸다.

'빠지질 않아…!! 젠장!! 빠지질 않아!!'

겐야를 내려다보던 코쿠시보는 뭔가를 알아차린 모양이었다.

"…호오."

하찮은 벌레를 보는 듯한 눈빛을 겐야에게 보냈다.

"아직도 숨이 안 끊어지네…? 몸통이 두 동강 나고도 여전히…."

이런 상태로도 겐야의 숨이 붙어 있는 것은 '도깨비를 잡아먹는' 특수한 체질 덕분이었다.

그는 잡아먹은 도깨비의 힘을 일시적으로 자신에게 깃들게 할 수 있다. 이 방까지 오는 동안에 쓰러트린 도깨비를 먹었다. 지금 겐야는 도깨비처럼 상처를 회복시키거나 몸을 재생시키는 것이 가능했다.

"3백 년 이상 전에도… 너처럼 도깨비를 잡아먹고 다닌 검객이 있었지…."

도깨비에 가까운 생명력을 지녔다고는 하나 고통은 느꼈다.

양팔이 잘리고, 복부를 기준으로 몸이 위아래로 잘린 격통에 전신에서 식은땀이 줄줄 흘러내렸다. 부릅뜬 눈이 뜨거워지고, 의식이 날아가려 했다.

"그 검객은 몸통이 절단되자 숨이 끊어졌는데… 네 경우는 목인가…?"

냉혹한 목소리가 겐야의 머리 위에서 떨어져 내렸다.

"네놈 같은 유사 도깨비는… 굳이 살려 둘 이유가 없지…."

철컥 하고 칼자루에 손을 가져가는 소리가 났다.

'기어!! 팔을 연결해!!'

겐야는 여전히 칼을 쥔 채로 눈앞에 나뒹구는 자신의 오른팔을 보며 안간힘을 썼다.

그러나 몸이 말을 듣지 않아서, 바로 앞에 보이는 팔까지 가지 못하고 몸부림치는 수밖에 없었다.

'빨리!!'

빨리 팔을 연결하지 않으면 바로 다음 공격이 날아올 것이다.

도깨비가 칼을 휘두르는 소리가 들렸다.

참격의 기척. 다 늦은 것일까. 다 틀린 것일까.

하지만 그때였다.

휘오오….

공기를 매섭게 가르는 바람 소리.

"바람의 호흡 제4형! 상승 사진람(砂塵嵐)!"

별안간 대원복 차림의 남자가 회오리바람처럼 나타났다!

남자는 겐야를 자신의 뒤에 보호하고 자세를 낮추고는 일륜도를 들었다.

칼날이 종횡무진으로 격렬히 선회하자 일대의 공기가 소용돌이쳤다.

그 기세는 그야말로 모래 먼지를 일으키는 폭풍 같았다.

촤좌악
풍주냐…?
오냐, 맞다.
네놈의 목을
비틀어 베어버릴 바람이지.

폭발적인 위력에 떠밀린 도깨비가 촤좌작 뒷걸음질 치면서 중얼거렸다.

“풍주냐…?”

뭉게뭉게 휘몰아치는 먼지 속에 선 남자는.

풍주(風柱) 시나즈가와 사네미였다!

“오냐, 맞다.”

입꼬리를 올리면서 사네미가 웃었다.

“네놈의 목을… 비틀어 베어 버릴 바람이지!”

기다란 흉터가 몇 줄이나 가로지르는 얼굴. 핏발이 선 눈과 하얀 머리카락. 짤막한 기장의 흰 두루마기의 등 부분에는 거칠게 휘갈긴 ‘죽일 살(殺)’이라는 한 글자. 앞섶을 풀어헤친 대원복 안으로 엿보이는 가슴팍에는 오래된 흉터들이 가득했다.

꽉 쥔 일륜도에는 녹색 빛이 감돌았고, 날밑은 풍주답게 바람개비를 닮은 형태였다.

자신에게 등을 돌리고 앉은 사네미에게 겐야는 말을 걸었다.

“형님….”

사네미는 뒤를 돌아보지 않고 대답했다.

"…네놈은 정말로 구제할 길 없는 **동생**이구나."

동생.

줄곧 자신에게 동생은 없다며 매몰차게 내쳐 온 형이 자신을 '동생'이라고 불렀다.

"내가 뭣 때문에 어머니까지 죽여 가며 널…."

분노 때문인지, 아니면 안타까움 때문인지. 형의 목소리는 조금 떨리고 있었다.

"지켰는데!"

지켰다. 나를 지켜 주고 있었다.

겐야는 놀라서 전율했다.

그와 동시에 떠오르는 탄지로의 말….

주 훈련을 받기 위해서 탄지로 일행이 히메지마의 도장을 찾았을 때의 일이었다.

오두막 중앙의 화덕에 둘러앉아 식사를 하던 중, 이노스케가 호흡을 쓰지 못하는 겐야를 놀려서 두 사람은 한판 맞붙게 됐다.

결국 중재에 나선 탄지로가 이노스케를 깔고 앉아서 싸움은 마무리되었는데, 지쳐서 바닥에 엎드린 이노스케의 엉덩이 위에 떡 버티고 앉은 탄지로는 그런 상태 그대로 무척이나 태연한 얼굴로 식사를 계속했다.

어이가 없어서 내려다보는 겐야에게 탄지로는 젓가락질을 멈추고 말했다.

"풍주인 너의 형 말인데. 그 사람은 말이야, 겐야."

탄지로는 차분하게 말을 이었다.

"네가 귀살대에 들어간 것 때문에 엄청 화가 나 있긴 해도, 미워하는 냄새는 조금도 나지 않았어."

히메지마의 도장에 오기 전에 탄지로 일행은 사네미의 주 훈련에 참가했었다. 거기서 겐야는 형에게 호된 욕설을 들었다.

"난 동생 같은 것 없다."라느니, "재능도 없으니 귀살대는 관둬."라느니….

동요한 겐야는 무심결에 도깨비를 잡아먹으며 싸운 사실을 입 밖에 내뱉고 말았다.

그러자 사네미는 격노해서 동생을 재기 불능 상태로 만들기 위해 눈을 찌부러트리려 했다.

손가락이 눈에 꽂히기 일보 직전에 탄지로가 끼어들어서 사네미를 말렸고, 그 뒤에는 다른 대원들까지 휘말린 대난투가….

탄지로는 그때의 일을 이야기하는 것이었다.

“그러니까 겁먹을 것 없어. 전하고 싶은 말이 있으면 그냥 해도 돼. 사네미 씨는….”

겐야는 전부터 쭉 겁먹고 있었다.

계속해서 자신을 거부하는 형이 무서웠다. 하지만 그를 그렇게 만든 것은 자신이었다.

상처를 준 사람은 겐야 쪽이었다.

도깨비로 변한 엄마를 죽인 형을 ‘살인자’라고 비난해 버렸으니….

“줄곧 변함없이 겐야 널 사랑하고 있으니까.”

탄지로는 그렇게 말하며 미소 지었다.

하지만 그때 겐야는 아직 알지 못했다.

형이 무슨 생각을 하는지 정확하게 이해하지 못했었다.

그러나 지금, 상현1 도깨비를 앞에 두고 형은 빈사의 동생을 향해 담담히 말했다.

그가 마음속에 감추고 있던 본심을.

“네놈은 어딘가에서 가정을 꾸리고, 가족을 늘려 호호 할아버지가 될 때까지 살았어야 했어."

사네미는 허리를 낮게 낮춘 채로 칼을 잡은 양손에 뿌드드득 힘을 실었다.

"어머니한테 해 드리지 못한 것도, 남동생, 여동생들한테 해 주지 못한 것도, 네가 그만큼 네 부인과 자식들을 행복하게 해 주면 되는 건데."

땅을 기는 듯한 낮은 목소리로 말을 이었다.

"그곳에는 내가 절대로…."

형의 뒷모습을 겐야는 집어삼킬 것처럼 응시했다.

"도깨비가 못 가게 막을 거니까…."

이것이 형… 사네미의 본심.

겐야는 이제야 이해할 수 있었다.

귀살대에 몸담으면 언제 어느 때나 죽음이 기다리고 있다. 그런 세계에 동생이 몸을 던지게 놔두고 싶지 않았던 것이다. 그때와 마찬가지였다. 형제들이 도깨비에게… 도깨비로 변한 어머니에게 공격당했을 때와 똑같았다. 형제들 중에서 형만 목숨을 걸고 싸웠다. 형 혼자만….

크게 떠진 겐야의 눈에서 눈물이 흘러넘쳤다.

"미안해, 형…. 미안해…."

사네미는 돌아보지 않았고, 대답도 없었다.

대신에 입을 연 것은 증오스러운 도깨비 상현1 코쿠시보였다.

"호오…. 형제가 나란히… 도깨비 사냥꾼이라니…."

그렇게 중얼거리며 허리에 찬 칼의 칼자루에 손을 가져갔다.

"그립구나…."

그 순간, 사네미의 분노가 폭발했다.

눈을 부릅뜨고 입을 떡 벌려서 수라의 형상으로 소리쳤다.

"감히 내 동생을 갈기갈기 토막 내?! 이 빌어먹을 눈알 자식아!!"

분노로 온몸의 피가 부글부글 끓었다.

"용서 못 해, 용서 못 해!!"

필사적으로 지켜 온 동생을, 겐야를 이런 모습으로 만들다니.

증오의 말을 아무리 외쳐 대도 부족했다.

"용서 못 해애애!!"

사네미는 오른쪽 어깨를 내리고 칼끝이 땅을 향하게 하고는 낮은 자세를 유지한 채 앞으로 쓰러지듯 달려갔다.

촤아악!

감히
내 동생을
갈기갈기
토막 내?
이 빌어먹을
눈알 새끼이이.
용서
못 해
애애!!
용서 못 해,
용서 못 해.

코쿠시보의 칼이 가로로 번쩍이면서 무수한 참격을 날렸다.

그러나 다음 순간에 사네미의 모습이 사라졌다.

머리밖에 움직이지 못해서 시선만으로 형의 모습을 좇던 겐야는 숨을 죽였다.

'아래!!'

사네미는 몸을 옆으로 쓰러트리고 미끄러져서 코쿠시보의 다리 사이를 통과하려 했다.

'발밑으로 지나간다….'

빠져나오는 동시에 코쿠시보의 발목을 칼로 노렸다.

그것을 한발 앞서 알아챈 코쿠시보는 높이 공중제비를 돌아서 사네미의 공격을 피했다.

하지만 그러는 동안에도 허리춤의 칼은 여전히 칼집에 들어 있었다. 대체 언제 뽑고 다시 집어넣는 것일까. 너무 재빨라서 도저히 알 수 없었다.

사네미는 뛰어오른 적의 모습을 결코 시야에서 놓치지 않았다.

"제1형! 진선풍(塵旋風) 깎아 내기!!"

간격 바깥에 착지한 도깨비를 겨냥해서 고속으로 돌격했다. 사네미의 몸과 칼에서 발생한 충격파가 바닥을 도려내고 검은 기둥들을 쓰러트렸다.

단숨에 거리를 좁혀서 아래에서 위로 칼을 휘둘렀다!

채앵!

코쿠시보가 그 검격을 칼로 막았다. 칼이다, 칼이 보였다!

기둥에 고정되어 있던 무이치로는 눈을 크게 떴다.

'검신을… 드러냈다!!'

무이치로와 겐야가 공격할 때는 절대로 전모를 드러내지 않았던 코쿠시보의 칼이 사네미의 맹공을 앞에 두고 마침내 노출된 것이다.

사네미가 호쾌하게 웃었다.

"하아앗! 이건 또… 징그럽게 생긴 칼인데?"

그 칼은 생김새가 매우 이상했다. 도신을 비롯해 날밑에도, 칼자루에도.

희번덕거리는 눈알이 줄줄이 박혀 있는 칼이었다.

게다가 여기저기에 혈관처럼 보이는 것까지 뻗어 있었다.

"안 그러냐?!"

사네미와 코쿠시보는 십자로 교차한 칼을 밀어붙이면서 상대가 다음에 어떻게 나올지를 살폈다.

그때, 도깨비의 칼에서 소리인지 기운인지 모를 괴이한 기척이 뿜어져 나왔다.

키이이이잉….

코쿠시보가 칼자루를 잡은 손에 힘을 더 실었다. 자칫 못 보고 넘길 만한 작은 동작이었다.

“달의 호흡 제5형 월백재와(月魄災渦).”

도신은 미동조차 하지 않았음에도 면도날처럼 예리한 참격이 몇 발이나 터져 나왔다.

심지어 공격 범위가 멀었다.

그 범위는 코쿠시보를 중심으로 반경 5미터는 족히 넘을 듯했다. 멀리 있는 검은 기둥이 두 동강 났다.

사네미는 뒤로 펄쩍 뛰어서 촤좌악 하고 미끄러지듯 착지했다.

“하하! 칼을 휘두르지 않고도 참격을 날리는구만!”

코쿠시보는 말없이 칼을 휘둘러서 추가로 공격해 왔다. 사네미에게 접근해 참격을 날렸다.

참격은 참격으로 받아칠 뿐.

“바람의 호흡 제3형 청람풍수(晴嵐風樹)!”

휘두른 칼의 참격이 휘몰아치는 선풍이 되어, 소용돌이 바람이 되어 도깨비를 덮쳤다.

거칠게 몰아치는 바람의 호흡과 인간의 능력을 초월한 달의 호흡이 맞부딪치는 순간이었다.

도깨비가 중얼거렸다.

"제법이군…. 육체적으로도 기술의… 전성기야…."

사네미 역시 칼을 휘두르고, 달리고, 뛰면서 상대의 기술을 침착하게 분석했다.

'소름이 멈추질 않는다. 이놈의 기술. 한 번 휘두른 참격 주위에 불규칙하고 자잘한 칼날이 따라붙는다.'

그것은 항상 길이와 크기가 변화됐다.

'정형이 아니다. 토키토가 당할 만도 해.'

피한 줄 알았던 공격의 형태가 변칙적으로 비틀렸다.

'오랜 경험을 통해 배양된 감각 없이는 무리야.'

무이치로의 실력은 의심할 여지가 없이 뛰어났으나, 귀살대원으로서의 경력을 따지면 주들 중에서는 짧았다.

'그리고 이 속도!!'

날아오는 참격의 틈새로 도깨비의 모습을 잘 관찰하니, 귀살대에게는 매우 친숙한 그 기술을 사용했다.

'심지어 이놈은 호흡을 사용하고 있어.'

호오오오….

코쿠시보의 입에서 흘러나오는 독특한 소리.

귀살대의 검객들이 터득한 '호흡'이 틀림없었다.

'본디 재생력, 신체 능력이 매우 높은 도깨비가 호흡까지 사용하며 속도, 공격력을 더욱 높여 가다니.'

"재미있네…!! 재미있어!! 죽일 맛 나는 도깨비야!!!"

사네미는 칼을 머리 위로 높이 들었다.

"바람의 호흡 제2형! 조조(爪爪) 시나토(科戸) 바람!"

내려친 도신에서 4줄의 참격이 동시에 생겨났다. 코쿠시보가 칼로 막았지만, 참격은 마치 짐승의 발톱처럼 눈알이 줄지어 박힌 도신에 파고들었다.

채애앵!

조금만 더 깊이 들어가면 칼을 5조각으로 잘라 낼 수 있었지만, 코쿠시보는 칼을 가로로 휘둘러서 참격을 뿌리쳤다. 하지만 그 덕분에 코쿠시보의 앞쪽에 빈틈이 생겼다.

사네미는 지체 없이 칼을 들고 뛰어올라 위쪽에서 공격을 시도했다.

채앵!

정면에서 휘둘러진 사네미의 칼과 그걸 막아 내는 도깨비의 칼. 두 사람은 날카로운 소리를 내며 맞부딪쳤다.

사네미는 떨어지는 가속력도 사용해 칼을 꾹 눌렀다.

코쿠시보가 휘두르는 동작이 보이지 않는 참격을 지근거리에서 날렸다.

사네미는 상체를 살짝 뒤쪽으로 기울여 그 공격을 피하면서 오른다리를 앞으로 들었다.

코쿠시보가 뭔가를 알아차렸다.

자신의 턱 밑에 칼끝이 바짝 다가와 있었다.

놀랍게도 사네미가 든 오른발 발가락에 칼이 끼워져 있었던 것이다!

코쿠시보는 간발의 차로 몸을 젖혀서 꿰뚫리는 상황을 모면했다. 그런데 그 짧은 칼은….

'내 칼…!!'

바닥에 엎드려 있는 겐야는 눈이 휘둥그레졌다.

타원 2개를 겹친 형태의 나마코스카시 날밑*에, 색이 바뀌지 않아 금속 본연의 색깔인 도신.

그것은 겐야의 칼이었다. 절단된 팔과 함께 떨어진 겐야의 칼을 사네미는 요령 좋게 발가락으로 집어 들어서 사용 중이

※날밑 : 해삼 같은 형태의 섭새김을 한 날밑.

었다.

챙챙챙챙!

날밑으로 서로의 공격을 막아 내는 격렬한 공방전의 소리가 끊임없이 울려 퍼졌다. 양쪽 다 한 발짝도 물러서지 않았다.

채애애애앵!

도깨비가 날리는 불규칙적이고 자잘한 칼날을 사네미는 닥치는 대로 뿌리치는 동시에 공격까지 펼쳤다.

코쿠시보는 사네미가 퍼붓는 맹공을 담담히 받아넘겼다.

'호오…. 여전히… 따라붙는군… 내 기술에….'

그리운 느낌이야, 라며 깊이 감동했다.

'기분이 고양된다….'

카가가가각!

자잘한 칼날들로 이루어진 무수한 참격이 사네미를 덮쳤다.

핏발이 선 눈을 크게 부릅뜨고 이를 꽉 깨물면서 온 신경을 곤두세웠다.

"윽…."

과도하게 힘을 줘서 피가 몰린 탓인지 코피가 주륵 흘러나

왔다.

여전히 검은 기둥에 꽂혀 있는 무이치로가 목소리를 쥐어짰다.

"시나즈가와 씨…!"

양팔을 잃고 바닥에 쓰러져 있는 겐야가 신음했다.

'형님…. 형님!!'

질 수 없었다. 질 생각도 없었다.

일륜도에 새겨진 '악귀멸살'이라는 글대로, 두루마기에 적은 '살'이라는 글자대로.

사네미는 도깨비를 쓰러트리기 위해 일륜도를 휘두르고 또 휘둘렀다.

'눈도 깜빡일 수 없어!! 칼끝을 조금만 잘못 휘둘러도 즉사다!!'

그런데도 도깨비는 아직 생채기 하나 입지 않았고, 기세도 좀처럼 사그라들지 않았다.

"옛날에는… 전국(戰國)… 세상이었다…. 나는…이렇게…."

그리운 추억에 잠겼는지, 도깨비는 칼을 휘두르며 차분하게 이야기했다.

"그래… 풍주하고도… 서로의 검술을… 발전시켰지…."

상야고월
(常夜孤月)
무간
(無間).

달의 호흡 제6형

그러고는 한층 더 크고 선명하게 칼을 치켜들었다.

"달의 호흡 제6형 상야고월(常夜孤月) 무간(無間)."

지금까지는 꺼낸 적 없었던 세로로 회전하는 참격이 튀어나왔다.

그와 함께 수없이 발생하는 미세한 칼날이 대량의 돌멩이처럼 사네미를 덮쳤다.

참격을 칼로 막고 발에 힘을 줘서 버텼지만, 어마어마한 위력에 뒤쪽으로 밀려나고, 종횡무진으로 난비하는 칼날들이 사네미의 몸을 갈기갈기 베었다.

갑자기 폭풍 같은 공격이 그쳤다.

정숙.

주위의 검은 기둥과 격자문이 깔끔하게 잘려서 무너져 내렸다.

'형님!! 형님!!'

겐야는 창백해졌다. 사네미와 도깨비가 있는 장소가 지금 겐야의 위치에서는 보이지 않아서였다.

'어떻게 된 거지?! 어떻게 된 거야?! 어디에 있어?!'

움직일 수가 없는 겐야는 머리를 들어 필사적으로 형의 모습을 찾았다.

'제기랄!! 안 보여!! 기둥과 벽 때문에….'

겐야의 시야 바깥에서… 사네미는 피투성이인 모습으로 서 있었다.

후욱, 후욱 하는 거친 호흡을 되풀이하고, 발밑에는 대량의 피가 후두둑 쏟아졌다.

사네미의 가슴팍과 복부는 좌우로 길게, 비스듬히 베여 있었다. 쏟아진 피는 그 상처에서 흘러내린 것이었다.

상처는 그곳뿐만이 아니었다. 어깨와 허벅지도 베이고, 입에서도 피를 토했다.

"흐음…. 상당히 잘 버텼지만… 결국 여기까지다…."

아직도 상처 하나 없이 멀쩡한 코쿠시보가 말했다.

"움직이면… 창자가… 다 튀어나올 거야…."

복부의 상처는 그만큼 깊었다. 사네미는 머리를 약간 숙이고 그 자리에 가만히 서서 후욱, 후욱 하고 숨을 내쉬고 들이마시기를 반복했다.

하지만 그때였다.

후욱
후욱
흐음….
상당히
잘 버텼지만…
결국 여기까지다….
움직이면…
창자가…
다 튀어나올
거야….

두근.

코쿠시보의 표정이 미세하게 경직됐다. 몸으로 이변을 감지한 것이다.

'맥박이 올라갔다…. 왜 이러지…?'

코쿠시보의 심장이 두근두근 하고 빠르게 뛰기 시작함과 동시에.

사네미의 거친 호흡은 차츰 웃음소리로 바뀌었다.

"후욱. 흣. 후흣. 후후흣."

피범벅인 입술 끄트머리를 씨익 올리며 말했다.

"고양이에겐 개다래나무. 도깨비에겐 희혈(稀血)."

그리고 즉각 공격을 펼쳤다.

채애애앵!

코쿠시보는 사네미의 공격을 칼로 막았지만, 다리가 휘청거려서 뒤로 몇 발자국 밀려났다. 처음 겪는 이변에 본인도 당황한 기색이었다.

"야, 야, 너 뭐 하냐? 갈 지 자로 걷고 있잖아! 상현한테도 통하나 보지, 이 피는?!"

사네미는 흉포한 미소를 지으며 눈을 부릅뜨고 포효했다.

"내 피 냄새에 도깨비는 완전히 취해 버려! 희혈 중에서도 한층 더 희귀한 피거든! 실컷 맛보도록 해!!”

제 6 화 백세불마(百世不磨)*

'내 피가 특별하다는 걸 깨달은 건 도깨비를 사냥하기 시작한 직후였다.'

사네미는 아직 어린아이였던 시절을 떠올리고 있었다.

얼굴의 상처에서 피를 흘리고, 양손을 어머니의 피로 물들인 채 집 밖에서 멍하니 서 있던 때의 일을.

'애당초 도깨비로 변한 엄마가 내가 출혈하자마자 동작이 둔해졌다.'

※백세불마 : 영원히 소멸하지 않는다.

시나즈가와 형제의 어머니는 도깨비로 변하고 말았다.

형편없는 작자였던 아버지가 남에게 원한을 산 것도 모자라 칼에 찔려 죽은 이후로 남겨진 어머니와 일곱 형제자매는 서로를 의지하며 살고 있었다.

하지만 어느 날, 동이 틀 무렵이었다.

좀처럼 집에 돌아오지 않아 기다리다 지친 사네미가 어머니를 찾으러 나간 그 사이에 도깨비가 집을 습격했다.

동생들은 치명상을 입어서 곧바로 움직이지 않게 됐고, 겐야는 얼굴을 크게 다치면서도 그들을 구하려고 필사적으로 움직였다.

마침 그때 귀가한 사네미는 가족을 덮친 도깨비를 바깥으로 끌어내서 손도끼로 베어 죽였다.

날이 밝아서 주변이 환해지자 비로소 사네미는 깨달았다.

자신이 죽인 도깨비가 세상에서 가장 사랑하는 어머니라는 사실을.

'엄마를 죽인 후에는 이 세상 모든 것이 급속도로 색깔을 잃고 닳아빠지고 바래 버렸다.'

도깨비에게 복수하는 것만 생각하게 되었다.

'나는 밤 속에서 마구 발버둥 쳤다.'

내 피가
특별하다는 걸
깨달은 건
도깨비를
사냥하기 시작한
직후였다.
애당초
도깨비로 변한
엄마가
내가
출혈하자마자
동작이 둔해졌다.
엄마를
죽인 후에는
이 세상 모든 것이
급속도로 색깔을 잃고
닳아빠지고
바래버렸다.
나는
밤 속에서
마구 발버둥
쳤다.

귀살대도, 일륜도도, 그 존재조차 모르면서 산더미 같은 칼로 무장하고.

도깨비와 싸우고, 잡은 다음, 햇빛으로 태워 죽였다.

지금 생각해 보면 어처구니없는 자살 행위였지만, 그나마 죽지 않은 건 이 피로 도깨비를 취하게 만든 덕분에.

운이 좋았던 것뿐.

'같은 도깨비를 쫓다가 만난 귀살대 쿠메노 마사치카가 '육성자'를 소개해 준 덕분이었다.'

사네미의 기억 속의 마사치카는 언제나 서글서글한 미소를 짓고 있었다.

왼쪽 뺨에 흉터가 2줄 있고, 무척이나 다정하게 생긴 사형이었다.

'하지만 난 알고 있다.'

선량한 인간부터 차례대로 죽어 나가는 이 세상의 부조리를.

'하현1은 마사치카와 둘이서 쓰러뜨렸는데, 정작 주가 된 건 나 하나뿐이었다.'

마사치카는 도깨비에게 살해당했다. 배와 머리에 심한 부상을 입어서.

그는 사네미의 품속에서 죽어 갔다….

코쿠시보가 희혈에 취한 지금이 공격을 퍼부을 기회였다.

"바람의 호흡 제6형 흑풍연람(黑風烟嵐)!"

상체를 비틀어서 칼을 대각선 아래에서 위로 재빠르게 휘둘렀지만, 도깨비는 아슬아슬하게 피해 버렸다.

코쿠시보의 6개의 눈은 피범벅이 되고도 공격을 멈추지 않는 사네미를 응시했다.

'이 애송이, 이런 상처에도 여전히 움직이는 건가? 예전의 주 같으면 이미 승패가 갈렸다.'

그런데.

'놈은 스스로 출혈을 막았다. 피를 응고시키고 있는 건가? 호흡으로? 근육을 쭉 잡아당겨 창자가 튀어나오는 걸 막고 있는 건가?'

"어쨌거나 인간이 할 수 있는 재주가 아닌데…. 처음 보네…. 재미있어…."

코쿠시보의 몸이 기우뚱 흔들리면서 아주 약간 휘청거렸다.

그 틈을 놓치지 않고 사네미가 즉시 달려들었지만, 무수하게 튀어나오는 칼날이 그를 기다리고 있었다.

카가가각!

격렬한 공방에 공기가 진동했다.

“알딸딸하게 취한 감각도 몇 년 만인지…. 참으로 유쾌하구나…. 심지어 희혈….”

사네미는 일륜도를 내리쳤다.

슈욱 콰각!

그런데, 바닥에 거의 닿을 만큼 내려간 도신이.

아래쪽으로 꾹 눌려서 자세가 무너졌다.

콰앙….

코쿠시보가 발로 일륜도를 짓밟은 것이다. 도신이 바닥을 깨고 깊이 박혔다.

예상 밖의 전개에 사네미는 칼과 함께 앞으로 푹 고꾸라졌다.

그 목을 절단하기 위해서 코쿠시보는 눈알들이 박힌 칼을 마치 참수형을 하듯 아래로 내리쳤다….

사네미의 머릿속에 어느 날의 정경이 떠올랐다.

이것은 주마등일까?

자갈이 깔린 우부야시키 저택의 정원. 몇 년도 전에, 처음으로 주합회의에 참가했을 때의 정경이었다.

정원을 향해 맹장지를 활짝 열어 놓은 다다미방에 당시의 큰 어르신인 우부야시키 카가야가 앉아 있었었다.

그 양옆에는 똑같은 단발머리 아이들이 한 명씩.

사네미를 기준으로 오른쪽 아이는 검은 머리, 왼쪽 아이는 하얀 머리. 둘의 얼굴은 판박이였고, 같은 등꽃 문양의 후리소데 차림이었다.

정원에는 물, 소리, 바위, 꽃, 바람의 주 5명을 비롯해 당시의 주 몇 명이 함께였고, 카가야를 올려다보고 있었다.

모두 예의 바르게 정좌를 했지만, 사네미만은 우뚝 서 있었다.

'부아가 치민다.'

부드러운 표정을 짓고 있는 카가야를 매섭게 노려봤다.

'남은 고통 받고 있는데, 웃고 있는 저놈한테.'

그 무렵의 카가야는 아직 얼굴의 절반만 짓물러서 한쪽 눈은 어느 정도 보이는 것 같았다.

'자기 손은 더럽히지 않고, 목숨의 위기도 없이, 한층 더 높은 곳에 앉아 태연한 얼굴로 지시만 내리는 저놈한테.'

"팔자도 좋구나? 당신 말이야. 우부야시키 님."

"!!"

도발하는 사네미의 말투에 다른 주들이 화들짝 놀랐다.

바로 옆에 있던 코쵸우 카나에는 마음 아파 하는 얼굴로 사네미를 올려다봤다.

음주(音柱) 우즈이 텐겐이 곁눈질로 노려봤다.

토미오카 기유는 정면을 향한 채로 말이 없었다.

히메지마는 평소처럼 염주를 들고 있었다. 그는 합장한 손바닥을 더욱 힘껏 맞대면서 말했다.

"시나즈가와…. 말버릇이라는 걸… 잘 모르나 보구나…."

"괜찮다, 교메이. 그냥 말하게 두어라. 난 상관없으니."

카가야는 조금도 동요하지 않았다.

"하오나… 큰 어르신…."

카나에가 걱정스럽게 말했다. 그 무렵 카나에는 아직 이 세상에 살아 있었다. 나비 모양 머리 장식을 하고 날개 문양 두루마기를 입고서 화주로서 싸웠다.

"괜찮다, 카나에."

"밥맛 떨어진다고. 진짜 재수 없는 연기라니까. 대원들 따윈 그저 쓰고 버리는 졸로밖에 여기지 않는 주제에!"

사네미는 이를 드러내며 호전적으로 웃었다.

못마땅했다. 온화한 미소도, 차분한 목소리도 전부 다.

전선에서 싸운 마사치카는 죽었는데, 이 남자는 큰 어르신 따위로 불리며 피 얼룩 하나 없는 기모노로 멋을 부리고 편히 앉아 있는 것이다.

"당신은 무술도 뭣도 배워 본 적조차 없지? 척 보면 바로 알 수 있어. 그런 작자가 귀살대의 우두머리라고? 역겨워!"

사네미는 한층 더 격앙된 목소리로 호통을 쳤다.

"웃기지 마!!"

그러자 카가야는 부드러운 목소리로 말했다.

"미안하다."

생각지도 못한 한마디였다.

당장이라도 달려들 듯이 몰아붙이던 사네미가 입을 꾹 다물었다.

"칼은 휘둘러 봤지만, 금세 맥이 헝클어져 열 번도 하지 못했다."

우부야시키 가에 태어난 사람은 모두 몸이 약해서 30년도 살지 못했다.

카가야 역시 점점 진행 중인 병을 앓고 있었다.

"할 수만 있다면 나도 너희처럼 내 몸뚱이 하나로 남의 생명을 지킬 수 있는 강한 검객이 되고 싶었지."

그렇게 말하며 원통하다는 듯이 눈을 내리깔았다.

"하지만… 도저히 무리더라. 괴로운 일만 너희에게 맡겨서 정말 미안하구나."

'말문이 막혀 버렸다.'

사네미는 카가야에게 시선을 고정한 채 그 자리에 가만히 서 있었다.

'큰 어르신의 눈빛은 내 엄마를 연상시켰다.'

부모가 자기 자식에게 던지는 쏟아질 듯한 자애심으로 부드럽게 뺨을 감싸는 듯했다.

"너희가 그저 쓰고 버리는 졸이라면, 나 또한 그저 쓰고 버리는 졸이다. 귀살대를 움직이는 장기말 중 하나에 불과하지."

설령 내가 죽더라도 아무것도 달라지지 않아, 라고 카가야는 말했다.

"날 대신할 사람은 이미 있으니까."

그것은 카가야의 옆에 얌전히 앉아 있는 검은 머리 아이를

미안하다.
칼은 휘둘러봤지만,
금세 맥이 헝클어져 열 번도 하지 못했다.
할 수만 있다면 나도 너희처럼
내 몸뚱이 하나로 남의 생명을 지킬 수 있는 강한 검객이 되고 싶었지.

말하는 것이었지만, 당시의 사네미로서는 알 길이 없었다.

"사네미는 주합회의에 온 게 처음이라 뭔가 착각한 것 같은데, 나는 높은 사람도, 뭣도 아니다. 다들 선의로 그냥 그렇게 대접해 주고 있는 것뿐이지."

정 싫으면 굳이 똑같이 하지 않아도 된다고 카가야는 사네미를 똑바로 바라보며 이야기했다.

"그런 것에 연연하느니, 차라리 넌 주로서 인간의 목숨을 지켜다오. 그것만이 내 바람이니."

카가야의 목소리는 한없이 온화하고, 한없이 다정했다.

"마사치카가 죽은 지 얼마 되지도 않았는데 불러들여 미안하구나. 형제처럼 의좋게 지냈으니 더더욱 괴롭겠지."

"!! 이름을…."

사네미는 벼락을 맞은 듯한 충격으로 중얼거렸다.

카가야는 일개 대원이었던 마사치카의 이름을 기억하고 있었다.

"시나즈가와."

자신의 이름을 부르는 카나에의 목소리에 놀라서 아래쪽으로 시선을 돌리자, 그녀는 서글퍼 보이는 눈으로 말했다.

"큰 어르신은 당주가 되신 뒤로 죽은 대원들의 이름과 내력을 전부 기억하고 계셔."

'…이럴 수가.'

사네미는 몹시 놀랐다.

'나조차도 같이 싸우다 죽은 대원들 모두의 이름은 다 기억하지 못하는데.'

정부의 공인을 받지 못해 일반인이 모르는 곳에서 활동하는 조직이라고는 하나, 귀살대원의 수는 많았다. 전투의 사후 처리나 대원들의 지원을 담당하는 '은(隱)'이라는 신분의 대원들까지 포함하면 상당한 수가 재적 중이었다. 도깨비와의 가혹한 싸움 속에서 목숨을 잃는 자 역시 당연히 많았다.

그들의 이름과 내력을 전부 기억하다니.

"사네미."

카가야와 두 아이는 자리에서 천천히 일어났다.

그는 하얀 머리 아이의 안내를 받아 툇마루 끝까지 걸어왔다. 검은 머리 아이는 정원으로 내려와서 댓돌에 아버지의 조리를 가지런히 올려놨다.

"귀살대의 아이들은 다들 유서를 쓰지 않느냐."

카가야는 조리를 신고 정원으로 내려왔다.

"그런데 그 유서 내용이 신기할 정도로 거의 유사하단다. 마사치카도 마찬가지였어. 그러잖아도 사네미 너에게 전해 주려고 했지.”

사네미 앞으로 다가온 카가야가 고이 접힌 편지를 살며시 건넸다.

떨리는 손으로 그것을 받아들었다.

“마사치카는 죽은 남동생과 널 겹쳐 보고 있었단다. 찬란히 빛나는 미래를 꿈꾸며. 내 꿈과 마찬가지로.”

펼쳐 든 유서에는 익숙한 마사치카의 글씨가 적혀 있었다.

사네미가 글을 눈으로 읽기 시작하자, 카가야의 입에서 마사치카가 적은 말들이 흘러나왔다.

큰 어르신은 이제 유서를 보지 않고도 읊을 정도로 내용을 외우고 있는 것이었다.

마사치카가 적어 내린 글을 한 글자도 틀리지 않고 전부.

소중한 이가 웃는 낯으로 천수를 누리는 그날까지 행복하게 살 수 있도록.

그 목숨이 절대로 부조리하게 위협당하는 일이 없도록 기원한다.

설령 그때 자신이 살아서 그 사람 곁에 있을 수 없다 해도.

그가 살아 주길 바란다.

끝까지 살아 주길 바란다.

사네미의 눈에서 눈물이 서서히 샘솟아 흘러내렸다.

5살 어린 동생, 겐야의 모습이 머릿속에 떠올랐다. 동생과는 만나지 않은 지 한참 되었다.

기억 속의 동생은 아직 어린 시절의 모습 그대로였다. 불안해 보이는 얼굴로 이쪽을 바라보는, 어린아이의 모습 그대로.

귀살대에 들어온 자신은 언젠가 마사치카처럼 목숨을 잃으리라.

자신은 살아서 곁에 있을 수 없다 해도 겐야는 살아 주길 바랐다. 끝까지 살아 주길 바랐다….

끼기익!

코쿠시보의 칼은 금방이라도 사네미의 목을 내려치려 했다.

그런데 그 칼과 목 사이에 뭔가가 끼어서 딱딱한 소리가 났다.

겐야의 총이었다. 사네미는 동생의 칼과 함께 총까지 전투 중에 주워 든 것이었다!

그는 왼손에 든 총을 목 뒤쪽으로 돌려서 목이 잘리는 것을 막았다.

심지어 그저 막기만 한 것이 아니었다. 총구를 코쿠시보의 목에 똑바로 조준하고 있어서 명중한다면 치명상을 입히는 것도 가능했다.

방아쇠를 꾸욱 당겼다.

타앙, 타앙!

2발의 총성이 울려 퍼졌다. 그러나 코쿠시보는 그 탄환을 칼로 막아 냈다.

'제기랄. 생채기조차도…!!'

사네미가 몸을 일으키려 한 그때였다.

눈알들이 박힌 코쿠시보의 칼의 측면에서 자잘한 칼날이 잔뜩 생겨나 튀어나오는 것이 보였다. 칼을 휘두르지 않고도 대량의 참격을 날릴 수 있는 것은 바로 이런 원리였다.

"달의 호흡 제3형 염기월(厭忌月) 지우기."

코쿠시보가 고속으로 칼을 휘둘렀다. 1번, 2번. 2연격이었다.

칼에 의한 참격과 그 칼에서 나온 칼날들이 주위를 마구 베면서 지근거리에 있는 사네미를 노렸다.

파편과 먼지가 뿌옇게 피어올라서 그 부근 일대의 시야를 차단했다.

공격이 그치자 잠깐의 정숙이 찾아온 뒤에 기묘한 소리가 울려 퍼졌다.

촤라랑….

희뿌연 공기 속에서 묵직한 쇠사슬 소리가 차츰 다가왔다.

기척을 알아차린 코쿠시보가 중얼거렸다.

"꼬리에 꼬릴 물듯… 솟아나는군…."

그곳에 나타난 이는 산처럼 거대한 체구의 남자.

"우리 귀살대는 백세불마(百世不磨)다. 도깨비를 이 세상에서 전멸시킬 때까지…."

암주 히메지마 교메이였다.

하얀 눈에 이마에는 가로로 긴 흉터. 목에는 알이 큼직한 염주를 걸고 있었다.

왼손에 쥔 것은 거대한 손도끼.

꼬리에
꼬릴 물듯…
솟아나는군….
화
콰
쾅
우리 귀살대는
백세불마
(百世不磨)다.
도깨비를
이 세상에서
전멸시킬
때까지….

등날에는 '악귀멸살'이라는 글자가 새겨져 있었다. 자루 아래에는 기다란 쇠사슬이 달려 있어서, 가시 여러 개가 돋친 쇠구슬로 이어졌다.

이것이 히메지마의 일륜도였다.

코쿠시보가 조금 전에 꺼낸 '염기월 지우기'가 사네미를 덮치기 직전에 히메지마는 쇠사슬로 사네미를 끌어당겨서 구출한 것이었다. 지금 사네미는 히메지마의 등 뒤에서 보호받고 있었다.

히메지마는 '나무아미타불'이라는 글귀가 적힌 두루마기를 펄럭 나부끼면서 어안이 벙벙한 사네미에게 말했다.

"시나즈가와. 배의 상처는 지금 당장 꿰매라. 그동안엔 내가 맡아 주마."

"!!"

사네미는 퍼뜩 제정신을 차리고 대답했다.

"네. 죄송합니다."

사나운 성격의 사네미도 압도적인 실력을 지닌 존경하는 히메지마 앞에서는 고분고분했다.

사네미가 전선에서 멀어짐과 동시에 히메지마는 쇠구슬을 붕붕 돌리기 시작했다.

그것은 점점 가속이 붙어서 부웅, 부웅 소리가 날 만큼 일대의 공기를 진동시켰다.

코쿠시보는 6개의 눈을 크게 떠서 그 도깨비 사냥꾼 히메지마의 몸속을, 근육과 뼈대를 꿰뚫어 봤다.

'훌륭하다…. 극한까지 다듬어진 육체의 완성형….'

한 번 훑어본 것만으로도 타고난 체격은 물론이고 매일 얼마나 열심히 단련해 온 육체인지를 잘 알 수 있었다. 검객으로서의 피가 오싹오싹 끓어올라서 저도 모르게 입꼬리가 올라갔다.

'이만한 검객을 뵙기는… 그야말로 3백 년 만인가…?'

슈웅… 슈웅, 슈웅, 슈웅….

도깨비 사냥꾼이 휘두르는 쇠구슬은 땅울림 같은 굉음을 냈다.

다부진 팔에 혈관이 불룩불룩 불거져 나왔다.

중량이 상당할 쇠구슬을 이만한 속도로 회전시키는데 몸은 조금도 흔들리지 않았다. 바로 그 모습이 이 도깨비 사냥꾼의 강인함을 간접적으로 드러냈다.

슈웅, 슈웅, 슈웅….

멀찍이 떨어져 서 있어도 기백과 진동이 저릿저릿 전해져 왔다.

'공기가… 끌려 들어간다….'

슈웅, 슈웅, 슈웅, 슈웅….

쇠구슬을 휘두르는 히메지마. 칼을 그러쥐는 코쿠시보.

두 사람은 간격을 가늠하고, 상대가 어떻게 나올지를 살폈다.

그러자 예고도 없이 히메지마의 쇠구슬이 날아와 코쿠시보를 덮쳤다.

아슬아슬하게 옆으로 뛰어서 피했지만, 조금 전까지 코쿠시보가 서 있던 장소는 폭격을 받은 것처럼 크게 파손됐다.

'달의 호흡….'

코쿠시보가 기술을 꺼내려 했지만, 그럴 시간을 주지 않았다.

히메지마는 왼손에 들고 있던 손도끼를 코쿠시보를 향해 던졌다.

'손도끼까지 투척하는 건가? 양손 모두 무기를 떼어 놓다니….'

예리한 날을 자랑하는 손도끼는 코쿠시보의 목을 스친 뒤에 쇠사슬을 달고 부웅 선회했다. 양손 모두 무기를 놓아도, 이 쇠사슬이 있으면 다시 손으로 끌어당길 수 있는 것 같았지만, 지금은 빈틈투성이였다.

그 틈을 놓칠 코쿠시보가 아니었다. 재차 기술을 꺼낼 준비 동작에 들어갔다.

'달의….'

그러나 히메지마의 발이 콰앙! 소리를 내면서 바닥이 갈라질 만큼 힘차게 밟았다.

"바위의 호흡 제2형 천면(天面) 부수기."

발은 쇠사슬을 밟고 있었다. 그 부분을 받침점으로 해서 잡아당겨진 쇠구슬이 코쿠시보의 머리 위에서 고속으로 낙하했다. 코쿠시보는 재빨리 몸을 날려서 피했다.

콰아앙!

쇠구슬이 떨어져서 바닥을 파괴했다.

이번에는 쇠구슬을 받침점 삼아 공중에서 꿈틀거리던 쇠사슬이 코쿠시보의 목에 휘감겼다. 히메지마가 쇠사슬을 괴력으로 확 당겨서 조였다. 이대로 조이면 머지않아 목은 잘려 나갈 것이다.

하지만 코쿠시보는 침착했다.

쇠사슬을 절단하기 위해서 휘감기기 직전에 쇠사슬과 목 사이에 재빨리 칼을 집어넣은 것이다.

그런데 쇠사슬을 칼날로 누른 순간, 도신이 뜨거워진 것을 감지했다.

'이 사슬은 자를 수 없다!!'

쇠사슬이 바짝 조여지기 전에 몸을 낮춰서 아슬아슬하게 머리와 도신을 빼냈다. 그러나 긴 머리카락의 일부가 쇠사슬에 얽혀서 치이익 하고 타들어 가더니 바닥에 떨어졌다.

'사슬, 도끼, 쇠구슬, 모든 쇠의 강도가 지극히 높은 무기.'

그렇다. 히메지마의 무기도 다른 일륜도와 마찬가지로 태양광을 흡수한 철로 만들어진 것이었다.

'내 살로 만들어진 이 칼로는 자르기도 전에 불타 주저앉는다.'

이만큼 태양광을 빨아들인 쇠는 도공의 기술이 최고 전성기였던 전국 시대에도 발견되지 않았다.

'하지만 그것도… 간격 안쪽으로 들어가면 그만이지….'

쇠사슬이 넘실거리고, 도끼와 쇠구슬이 공중을 갈랐다.

코쿠시보는 칼을 옆구리에 붙이고는 그 사이를 통과해 상대에게 성큼 접근했다.

하지만 칼을 휘두른 끝에 히메지마가 없었다.

살기를 느끼고 고개를 들자, 높이 뛰어오른 히메지마가 머리 위에서 자신을 노리고 있었다.

히메지마는 공중에서 몸을 비틀더니 그 자세로 도끼를 휘둘렀다. 쭉 뻗어 온 쇠사슬이 코쿠시보의 몸을 휘감고, 손도끼는 격자무늬 기모노를 베었다.

히메지마의 공격은 아직 끝나지 않았다. 쇠구슬까지 휘둘러서 더욱더 박차를 가했다.

'이 무기를 수족처럼 다룰 수 있는 근력, 저 중량의 덩치로 이토록 가벼운 몸놀림, 민첩함. 당장은 믿기 힘들 정도다.'

칼을 겨눈 코쿠시보의 귓가에서 촤라락! 하고 격렬한 금속음이 났다.

소리가 나는 쪽을 보니 높이 든 칼에 쇠사슬이 휘감겨 있었다. 히메지마가 그것을 쭉 잡아당겼다.

코쿠시보는 도신에서 초승달 형태의 칼날을 방출하려 했지만, 히메지마의 쇠사슬은 강력했다. 휘감긴 부분이 꽉 조이더니… 도깨비의 칼이 두 동강 나서 날아갔다!

절단면에서는 살이 베인 것처럼 피가 솟구쳤다.

두 사람은 동시에 무기를 휘둘렀다.

"달의 호흡 제2형."

"바위의 호흡 제4형."

"유문암(流紋岩) 속정(速征)."

손도끼와 쇠구슬을 동시에, 눈으로 좇을 수도 없는 고속으로 던지는 히메지마.

"주화(珠華)의 농월(弄月)."

연격과 동시에 초승달 형태의 참격을 일대에 방출하는 코쿠시보.

양쪽 모두 넓은 범위를 공격 목표로 삼을 수 있는 기술. 그것은 넓은 범위를 수비할 수 있다는 뜻이기도 했다.

양자의 공방은 맞부딪쳤다.

히메지마는 쇠사슬을 당겨서 손도끼와 쇠구슬을 능수능란하게 조종했다.

앞쪽으로 날아간 손도끼는 코쿠시보의 목을 노렸다. 윙윙 소리를 내며 후방으로 휘어진 쇠사슬은 등 뒤에서 공격해 오는 자잘한 참격을 쳐냈다.

격렬한 공방전이 그치자 도깨비가 입을 열었다.

“부러져도… 바로 재생되지….”

놀랍게도 도깨비의 칼이 어느새 본래 모습으로 돌아와 있는 것이 아닌가!

“공격은… 무의미하다….”

한편, 히메지마의 얼굴에는 이마부터 뺨에 걸쳐 대각선으로 긴 상처가 생겨서 피가 흐르고 있었다. 호흡도 약간 가빠졌다.

이것이 도깨비와 인간의 실력 차이일까.

“불쌍한… 인간아….”

그러나 히메지마는 후욱 하고 한숨을 내쉬더니 하는 수 없다는 듯 손도끼를 들어올렸다.

“이건… 무잔 때까지 온존해 두고 싶었는데.”

“!”

코쿠시보가 숨을 삼켰다.

이 도깨비 사냥꾼은 아직 힘을 남겨 두고 있었다. 여기서 더 무언가를 하려 했다.

“여기서 지면 도로 아미타불이니.”

그렇게 말하며 히메지마는 손도끼를 든 왼손과 쇠사슬을 움커진 오른손을 몸 앞으로 슥 끌어당겨서 팔을 교차시켰다.

그러고는 온몸에서 기염을 내뿜으며 외쳤다.

"어쩔 수 없이 지금 써야겠구나!!"

그 직후.

양팔에 우직우직 나타나는 줄기 같은 문양… 그것은 바위에 생긴 균열처럼 눈 깜짝할 사이에 넓게 퍼지고 색이 진해졌다.

반점이었다.

히메지마는 자신의 의지로 반점을 발현시켰다.

귀멸의
칼날

제 7 화 부동의 주(柱)

무한성의 다른 장소에서는….

도우마를 쓰러트린 카나오와 이노스케가 꺾쇠 까마귀의 안내를 받으며 복도를 달렸다.

전투 직후에는 두 사람 모두 크나큰 슬픔에 빠져서 눈물을 뚝뚝 흘리며 걷고 있었다. 심지어 이노스케는 멧돼지 가죽을 쓸 여유도 없어서 카나오에게 부축을 받으며 눈물과 콧물을 줄줄 흘릴 정도였다.

하지만 이제는 부활했다. 뒤집어쓴 멧돼지 가죽에서 뿜어져 나오는 콧김도 거칠었다.

카나오의 오른쪽 눈은 변색된 채로 거의 보이지 않았지만, 아직 충분히 싸울 수 있었다.

같은 무렵. 다른 꺾쇠 까마귀를 따라서 다른 복도를 걸어가던 사람은 귀살대원 무라타와 젠이츠였다.

젠이츠는 도깨비가 된 사형 카이가쿠와의 가혹한 싸움에서 생환하기는 했으나, 온몸에 큰 부상을 입었다.

"아파. 아파, 아파. 업어 줘, 업어 줘."

이쪽도 줄줄 흐르는 눈물과 콧물로 엉망진창이 된 얼굴로 선배 대원 무라타에게 부축받고 있었다. 아니, 질질 끌려간다는 표현이 더 정확했다.

젠이츠가 '할아버지'라고 부르는 쿠와지마 지고로 밑에서 함께 번개의 호흡을 수련했던 카이가쿠.

그 사형이 상현6 도깨비가 되어 버렸다.

지고로는 이 사태의 책임을 지고 스스로 할복해서 죽었다.

꺾쇠 까마귀(젠이츠에게 지급된 것은 참새였지만)로부터 이 전말을 전해 들은 젠이츠는 혼자서 카이가쿠와 고전을 펼친 끝에 그의 목을 베었다.

젠이츠가 스스로 고안해 낸 기술, '번개의 호흡 제7형'을 사용해서.

하마터면 죽을 뻔한 젠이츠를 발견한 것은 무라타와 그의 동료들이었다. 재빨리 응급 처치를 하고 함께 이동하기 시작했는데….

“아파아아, 아프다고오오. 업어 줘.”

아까부터 귓가에서 끊이질 않는 징징거림에 시달리던 무라타는 넌더리가 나서 중얼거렸다.

“동료들과 헤어졌어….”

조금 전까지는 다른 동료들과 함께 있었지만, 발밑의 구멍을 알아차리지 못하고 젠이츠와 함께 떨어져서 헤어지고 말았다.

무라타는 젠이츠나 탄지로 등과 같은 검술의 재능은 없는 일반 대원이었다. 하지만 이 후배들과는 나타구모산에서 함께 싸운 이후로 잘 알고 지내 왔다.

게다가 무라타는 상당히 다정하면서 의리가 넘치는 사내였다.

“응?”

복도를 달리던 이노스케가 맞은편에서 오는 누군가의 기척을 퍼뜩 감지했다.

그리고 3초 후.

복도의 왼쪽 모퉁이에서 달려온 이노스케, 카나오와 오른쪽에서 젠이츠를 질질 끌며 걸어온 무라타가 합류했다. 다만 마주치자마자 이노스케는 무라타의 얼굴에 있는 힘껏 발차기를 날렸다.

황급히 손을 뻗는 카나오.

바닥에 엎어지는 젠이츠.

그리고 뒤로 뻥 나자빠지는 무라타….

걷어찬 상대가 무라타임을 알아본 이노스케는 미안하다고 사과했지만, 무라타는 바닥에 엎드린 채로 말없이 화내고 있었다.

당연한 일이었다. 발로 차인 얼굴은 엄청나게 아프고, 왜 자신이 이런 일을 당해야 하는지 알 수 없으니.

"미안하다니까. 용서해!!"

"……."

"탄고로라면 용서해 줄 거야!"

또 이름을 잘못 말했다. 탄지로를 말하는 것이었다.

"물론 그놈이라면 발길질 따위도 안 먹겠지만!!"

크하핫 하고 웃는 이노스케를 보면서 카나오는 미간을 찌푸리며 뭔가를 결의했다.

아오이에게 직접 전수받은 꾸짖기 방법… 그렇다, 엉덩이 타격.

카나오는 재빨리 이노스케를 붙잡아 쭈그려 앉아서 그를 자신의 무릎 위에 엎드리게 한 다음, 털가죽을 두른 엉덩이를 철썩철썩 때렸다.

아오이 왈, "할 때는 화끈하게."가 중요하다고 했으니 있는 힘껏 철썩, 철썩.

카나오가 얌전해서 방심하고 있던 이노스케는 비명을 꽥액 질렀다.

가장 기뻐한 사람은 무라타였다. 아주 잘했다!라는 듯이 주먹을 번쩍 들고 뛰어올라 찰랑거리는 머리카락을 나부끼며 환희했다.

무한성에 떨어졌을 때, 이곳저곳으로 흩어졌던 대원들은 차츰 몇 명씩 합류하기 시작했다.

새로운 큰 어르신이 된 우부야시키 키리야와 여동생 카나타, 쿠이나. 그들 세 사람이 지상에서 전황을 분석해 지령을 내리는 덕분이었다.

그러나 검은 기둥들이 늘어선 이 방에 있는 사람들은 아직 다른 대원들의 상황을 알지 못했다.

히메지마와 사네미, 겐야, 그리고 무이치로였다.

끼기기긱….

자신의 일륜도에 꿰뚫려서 검은 기둥에 고정되어 있던 무이치로는 칼을 빼내고자 통증을 참으며 칼자루를 앞쪽으로 잡아당겼다.

왼팔은 절단당해서 사용할 수 있는 것은 오른손뿐.

당길 때마다 도신은 끼기긱 하고 마찰음을 냈지만, 마침내 기둥에서 뽑혀 나왔다. 그의 몸은 칼과 함께 바닥에 떨어졌다.

"하…악, 하…악."

격통이 온몸에 퍼지고 폐 속의 공기가 부족해졌다. 온몸에서 식은땀이 뿜어져 나왔다.

하지만 아직 견갑골 아래쪽에 칼이 여전히 꽂혀 있었다.

무이치로는 정신이 아득해질 듯한 통증과 싸우면서 칼자루를 앞으로 당겼지만, 그의 일륜도의 도신은 팔보다 훨씬 길었다. 전부 뽑아내기 전에 칼자루에 손이 닿지 않게 돼 버렸다.

"하아, 하아."

호흡을 가다듬고 칼날의 측면을 손가락으로 꽉 잡았다. 그대로 천천히 앞으로 잡아당기자 이윽고 칼은 챙그랑 소리를 내며 떨어졌다.

그러나 격통과 피로로 인해 곧바로 그 자리에 몸을 웅크렸다.

'상황이 너무 안 좋다. 이만한 상처를 입었으니 도움이 안 될 거야.'

그는 연신 거칠고 고통스러운 호흡을 내쉬면서 지혈용 천을 꺼내 팔과 어깨에 단단히 동여맸다.

'난 우즈이 씨만큼 체격이 뛰어나지 못해 몇 시간 안에 실혈사할 거다.'

우즈이는 유곽에서 벌어진 싸움에서 왼팔을 절단당했지만, 목숨을 잃지 않고 귀환했다. 그것이 가능했던 것은 그가 주들 중에서는 히메지마에 버금가는 거구였던 이유도 있었다. 작은 체구의 무이치로와는 사정이 달랐다.

'최소한 상현1만이라도 쓰러뜨려야 해. 아직 살아서 싸울 수

있는 이들의 부담을 조금이라도 덜어 주자.'

무잔은 무리여도 상현1만큼은.

그는 자신에게 되뇌었다.

'죽을 거면 도움이 된 다음에 죽어!!'

응급 처치를 마치자마자 무이치로는 일륜도를 쥐고 달려갔다.

그러자 갑자기 그를 부르는 목소리가 들려왔다.

"토키토 씨!"

놀라서 돌아보니 피 웅덩이 속에 쓰러진 겐야였다.

양팔과 몸통이 절단된 상태인 채로 그는 살아서 움직였다. 입에서 피를 흘리고, 괴로운 표정으로 땀을 흘리고 있었다.

"미안한데 몸통 좀… 세게 밀어 줄 수 있을까?"

"겐야!! 살아 있었구나…. 몸이… 연결될 것 같아?"

무이치로는 황급히 달려가 겐야의 곁에 쭈그려 앉았다.

도깨비를 잡아먹어서 재생 능력을 획득했다고는 하나 그 효과는 일시적이었다. 이렇게 몸이 토막 난 뒤에도 부활할 수 있을까?

그것은 겐야 본인도 잘 모르는 것 같았다.

"힘들지도…."

헉
상황이
너무
안 좋다.
난 우즈이 씨만큼
체격이 뛰어나지 못해
몇 시간 안에
실혈사할 거다.
이만한
상처를 입었으니
별 도움이
안 될 거야.
헉
헉
최소한
상현1만이라도
쓰러뜨려야 해.
죽을 거면
도움이
된 다음에
죽어!!
아직 살아서
싸울 수 있는 이들의
부담을 조금이라도
덜어주자.
덥석
헉
헉
헉
토키토
씨.
!

겐야는 머리를 들어서 시선으로 어느 방향을 가리켰다.

"저기… 저기에 떨어져 있는… 상현의 머리카락 좀… 집어 와서… 먹여 줄 수 있어?"

가리키는 쪽을 보니 코쿠시보의 것으로 보이는 머리카락 다발이 바닥에 떨어져 있었다.

겐야는 매달리듯이 호소했다.

"최후의 순간까지… 싸우고 싶어…. 형을… 지킬 거야…. 죽게 놔두고 싶지 않아…."

이런 상태가 되어서도 여전히 싸우고 싶다, 형을 지키고 싶다고 말하는 겐야.

그는 이미 각오했음이 틀림없었다. 자신이 살아서 돌아갈 수는 없다는 것을.

무이치로 역시 같은 심정이었다.

"…알았어. 끝까지 같이 싸우자."

그렇게 대답하고 무이치로는 자리에서 일어섰다.

히메지마의 양팔에 나타난, 바위에 생긴 균열 같은 반점.

그것을 목도한 코쿠시보는 조용히 말했다.

“오호라…. 너도… 반점을 가진 자…. 유감이로구나….”

“유감이라니?”

히메지마는 대각선으로 상처가 생긴 얼굴로 적을 똑바로 바라보면서, 쇠사슬을 단단히 잡으며 공격 준비에 들어갔다.

“척 보아하니… 네… 나이는… 27살… 정도인 것 같은데….”

“그게 뭐?”

그렇게 물으면서 몸 옆쪽으로 쇠구슬을 돌리기 시작했다.

“상실을… 탄식하는 거다….”

그 말에 거짓은 없는 것 같았다. 코쿠시보는 아쉽다는 듯이 눈을 내리깔았다.

“반점을 가진 자는 예외 없이… 25살의 나이를 맞이하기 전에 죽거든.”

히메지마는 말없이 쇠구슬의 회전 속도를 높였다.

“반점을 드러내고… 힘을 향상시켰다 해도… 어차피 그건… 수명을 앞당겨 쓴 것에 불과해.”

쇠사슬과 쇠구슬이 부웅부웅 소리를 냈다.

“그런데 넌 25살이 넘어… 반점을 드러냈다…. 당장 오늘 밤 안에라도 죽겠지….”

“…….”

“이토록… 철저하게 연마된 육체와 기술이… 이 세상에서 사라지는 거야…. 개탄스럽지 않느냐…?”

히메지마는 단호히 부정했다.

“개탄스럽지 않아. 그 이야기도 반점을 가진 이들은 이미 다 알고 있어.”

“알고… 있었다고…?”

그렇다. 히메지마와 주들은 알고 있었다.

도공 마을의 전투 이후에 열린 주합회의에서 어느 ‘사실’을 전해 들었기 때문이다.

그날의 회의는 큰 어르신 카가야가 악화된 병세로 인해 참가할 수 없어서 아내인 아마네가 대리로 회의를 주도하게 됐다.

아마네는 “이미 반점이 발현된 분은 선택하실 수 없습니다.”라며 수명이 짧아지는 문제에 대해 언급했다.

하지만 이미 각오는 되어 있었다.

“설령 반점이 나타나지 않았다 해도 귀살대인 한… 내일의 목숨은 보장할 수 없지.”

히메지마를 비롯해 주들은 모두 같은 심정으로 싸우는 것이었다.

"뭐 하러 이제 와서 목숨 따윌 아까워하겠어? 그렇게 어설픈 각오로 주가 된 사람은 한 명도 없어."

표정을 지우고 있던 히메지마의 눈썹과 눈이 분노한 나머지 치켜 올라갔다.

"엄청난 모욕. 오장이 뒤틀린다."

"목숨 운운하는 시시한 이야기가 아니다…. 도깨비가 됨으로써 그 육체를 보존하고… 기술도 보존할 수 있는데… 어찌하여 그걸 모르는 것이냐…? 어리석게…."

"이해할 길이 없지. 우린 인간으로 살고, 인간으로 죽는 걸 긍지로 여기고 있으니까."

히메지마는 더욱더 강한 어조로 역설했다.

"네놈의 시답잖은 관념을 최고의 것이라 여기며 타인에게 강요하지 마라."

잠시 침묵이 이어진 뒤에 코쿠시보가 "호오." 하고 대답했다.

그 부자연스러움을 히메지마는 놓치지 않았다. 그는 귀살대원이 되기 전에 한 아이에게 배신당해서 함께 살던 아이들을 도깨비의 손에 잃고 말았다. 게다가 살아남은 아이의 증언으로 인해 아무런 죄가 없음에도 투옥을 당했다.

괴로운 과거를 지닌 히메지마는 거짓말에 특히 민감했다. 곧바로 도깨비에게 물었다.

"방금 얘기하다가 깨달았는데, 넌 한 가지 거짓말을 늘어놨어."

"훗…. 무슨 소릴 하는 것이냐…? 난 거짓말 따윈…."

히메지마는 씨익 웃으며 검지를 세우고 코쿠시보의 말을 잘랐다.

"예외가 있었을 텐데? 반점을 갖고 25살이 넘고도 여전히 계속 살아남은 자가 있었잖아."

코쿠시보의 표정과 몸이 얼어붙었다.

"동요했군. 내 예상이 적중한 모양이…."

"네."라고 히메지마가 말을 마치기도 전에 코쿠시보의 칼이 염주를 건 그의 목을 베었다. 줄이 끊어지고 염주알이 떨어졌다.

히메지마는 재빨리 쇠사슬을 끌어당겨 참격을 막아 내고, 그 기세 그대로 쇠구슬과 손도끼를 휘둘러 공격으로 전환했다.

콰가가각!

쇳덩이와 참격이 충돌하는 격렬한 소리가 울려 퍼졌다.

그곳으로부터 조금 떨어진 검은 기둥 뒤에서.

사네미는 히메지마가 지시한 대로 배에 생긴 2줄의 긴 상처를 직접 봉합하고 있었다.

1초라도 빨리 전선으로 돌아가 히메지마에게 가세하고 싶었다. 상처를 모두 봉합한 그는 호흡을 사용해 정신을 집중했다.

"후…욱, 후…욱, 후우우우우."

천천히 몸을 일으켰다. 두루마기도 대원복도 피범벅이었다.

처음에는 상처 부위를 손으로 누르며 조심스럽게 호흡했는데, 차츰 상처의 통증도, 봉합의 아픔도 사라져 갔다.

"후우우우우… 후우욱."

점점 호흡 소리가 달라졌다.

마치 몸이 변화하는 것 같았다. 감각도 예민해졌다.

"후우우우우…."

눈을 크게 부릅뜨고 이를 뿌득 갈면서 돌아선 사네미의 오른뺨에는.

반점이 선명하게 떠올라 있었다.

바람개비 같은 형태를 한 반점이!

미쳐 날뛰는 듯한 손도끼와 쇠구슬의 공격. 그것을 참격으로 막아 냈으나… 불현듯 다른 기척을 감지한 코쿠시보는 그쪽으로 시선을 돌렸다.

풍주가 일륜도를 휘두르며 달려든 것이다.

채애애앵!

재빨리 칼을 들어서 방어했지만, 전선에 복귀한 그의 얼굴을 보고 코쿠시보는 경악했다.

반점이 나타나 있었다!

'이자에게도 반점이…. 지금 세대의 주들은 대부분 반점을 가진 자들인가…?'

풍주의 공격은 위력과 정밀도가 확연하게 상승해 있었다.

그때, 히메지마의 쇠구슬이 사네미의 등 뒤에서 날아왔다.

그러나 사네미는 뒤를 돌아보지 않고도 몸을 확 낮춰서 그것을 피했다. 뒤통수에 눈이라도 달린 것 같았다.

쇠구슬의 궤도상에 있던 코쿠시보는 하마터면 정통으로 맞을 뻔한 공격을 아슬아슬하게 피했다.

'바로 뒤에서 날아온 쇠구슬을 피했다.'

몸을 낮춘 사네미는 그 자세에서 코쿠시보의 발목을 베고자 칼을 휘둘렀다.

아아아
아아아

휘이익!

코쿠시보는 이것 역시 간신히 뛰어올라 피하고는 후퇴했다.

무섭게 몰아치는 두 사람의 공격.

마치 미리 합을 맞춘 듯한… 아니, 이것은 완벽한 연계를 보이고 있었다.

'서로 다른 호흡의 사용자들끼리, 심지어 이만한 속도의 싸움 속에서 연대해 덤벼들다니.'

사네미가 대담한 미소를 지었다.

"주 훈련 해 두길 잘했네, 히메지마 씨이이!"

"응."

주 훈련에서는 대원들의 지도 외에 주끼리의 대련도 이뤄졌었다.

히메지마는 쇠구슬을 부웅부웅 휘두르고 사네미는 칼을 겨눴다.

두 사람은 약간의 피로도 보이지 않는 코쿠시보를 똑바로 노려봤다.

제 8 화 바뀌다

겐야의 팔 단면에 절단된 팔이 꾹 눌렸다. 무이치로가 가져다준 것이다.

마찬가지로 두 동강이 나 버린 몸통도 꼭 맞춰서 연결했다.

그런 뒤에 무이치로는 코쿠시보의 머리카락을 집어 와서 겐야에게 먹였다. 머리밖에 움직일 수 없게 된 몸으로 겐야는 필사적으로 그것을 씹어서 삼켰다.

이마와 뺨에 식은땀이 줄줄 흘렀다. 괴로워서 견딜 수가 없었다.

"겐야, 괜찮아?"

한 올도 남기지 않고 먹어 치운 겐야는 머리를 바닥에 툭 떨궜다.

헉, 헉 하고 호흡이 흐트러졌다.

"겐야? 정신 차려, 힘내."

몸 상태가 이상했다. 무이치로가 이름을 불러 줬지만 대답조차 하지 못했다.

"겐야."

온몸의 혈관이 두근, 두근 하고 격렬하게 맥동했다.

그러자 그때, 어디선가 목소리가 들려왔다.

'목소리? 누구지…? 뭐라는….'

무슨 말을 하는지까지는 정확히 들리지 않았지만, 뭔가 이야기하는 목소리였다. 환청일까…?

몸통이 연결되었다. 어마어마한 회복 속도.

'고작 머리카락을 먹은 것만으로 이 정도인가? 이게 바로 상현1의 피의 농도.'

피가 순환되는 속도가 올라갔다. 기분이 좋았다….

'하나 더 남아 있는 그 상현의 부러진 칼날. 그걸 먹으면 더욱….'

히메지마의 사슬은 코쿠시보의 칼을 휘감아 부러트렸다. 그 칼날도 바닥에 떨어져 있었다.

쇠로 만들어진 칼과는 다르게 잘린 단면이 살덩이처럼 불룩 부풀어 있는 것이 척 봐도 평범한 칼이 아니었다. 분명 도깨비의 힘을 담고 있을 게 틀림없었다.

그러자 그때, 또다시 겐야의 머릿속에 그 목소리가 닿았다.

'크…. 또다시 목소리가… 머릿속에 울려 퍼진다….'

귀를 통해서가 아니라 머리에 직접 침입하는 느낌이었다.

이번에는 하는 말이 또렷하게 들리고, 그 목소리를 내는 자의 윤곽마저도 보였다.

…코쿠시보, 주를 몇 명이나 쓰러뜨렸느냐?

…아직은 이쪽으로 못 오게 막아라.

'이…건… 무잔…인가…?'

겐야는 전율해서 얼굴이 딱딱하게 굳었다.

'무잔의 목소리….'

도깨비화가 진행되면서 무잔의 목소리까지 들려왔다….

'내 몸뚱인… 어떻게 되어 가고 있는 거지…?'

겐야의 가슴속은 공포로 가득 찼다.

식은땀을 흘리며 바닥에 엎드려 있는 겐야의 몸통과 양팔의 상처 부위를 무이치로는 천으로 감아 고정시켰다. 남겨진 오른손과 입을 사용해 천을 단단히 묶었다.

무사히 원래 몸으로 돌아와 달라고 빌면서….

암주와 풍주.

두 사람의 도깨비 사냥꾼을 상대로 격렬한 공방을 펼치는 중인 코쿠시보는 상대의 싸우는 모습을 통해 그들이 얼마나 강한지를 깨달았다.

'오호라. 분명 이 두 사람이… 주들 중에서도 실력 상위….'

특히 이 사내, 라며 쇠구슬로 공격해 오는 히메지마 쪽을 주목했다.

'굴지의 육체를 가진 검객이다….'

나무줄기처럼 다부진 팔과 그 살갗을 뒤덮듯이 드러난 반점.

그 커다란 몸집보다 몇 배는 긴 쇠사슬을 자유자재로 조종하고, 묵직한 손도끼와 쇠사슬을 휘두르면서도 몸은 안정적이었고, 높이 뛰어오르는 것마저 가능했다.

'눈이 멀었음에도 불구하고….'

고안이 잘 된 무기였다.

쇠사슬을 휘둘러 난 소리의 반향으로 공간과 움직임을 지극히 정확하게 파악했다. 당장은 믿기 힘들지만, 틀림없는 사실.

'그렇다면….'

코쿠시보는 또 한 명의 도깨비 사냥꾼 사네미 쪽으로 시선을 옮겼다.

'우선 먼저… 이자의….'

사네미는 칼을 들고 폭풍처럼 돌진해 왔다.

'무기 파괴.'

손도끼, 쇠구슬, 쇠사슬이라는 3종류의 무기를 지닌 히메지마에 비해, 사네미의 무기는 칼 한 자루뿐. 이것만 파괴하면 공격력은 급격히 하락할 터였다.

'칼은 측면에서 타격하면 쉽게 부러진다.'

코쿠시보는 사네미가 내리친 일륜도의 측면을 아래쪽에서 떠올리듯이 칼날을 세워 때렸다.

그러나 사네미는 순식간에 반응했다.

재빨리 손목을 돌려서 자신도 칼날을 세워 코쿠시보의 칼을 밑으로 밀어냈다.

'칼날을 세워 도로 밀어냈어. 반사 속도가 올라갔다.'

아래쪽으로 밀리면서 코쿠시보의 칼은 바닥을 깨고 깊이 박혔다. 곧바로 뽑아내서 다시 공격에 나섰지만, 사네미의 칼은 이를 상회하는 빠르기로 코쿠시보의 목을 노렸다.

간발의 차로 피했지만, 나부낀 긴 머리카락이 몇 다발이나 잘려서 흩날렸다.

'반점을 드러냈다 해도, 통상적으론 전투가 불가능한 치명상을 입은 자가 동작의 속도, 정밀도를 더욱 높여 덤벼들다니.'

빈틈을 찾아 달렸지만, 이 풍주는 칼을 겨누고 따라서 달려왔다.

문득 정신을 차리고 보니 정면에는 암주가 있었다.

암주는 쿠웅! 하고 발을 힘껏 내디뎌서 자세를 낮추더니, 거꾸로 쥔 손도끼를 단숨에 쳐들었다.

묵직한 도끼날이 코쿠시보의 머리 옆을 고속으로 스친 다음 순간.

콰아악!

잘려 나간 왼쪽 귀가 공중에 떠올랐다.

지금까지는 스쳐도 머리카락이나 칼뿐이었지만, 마침내 귀를… 보다 더 목과 가까운 부분에 공격이 닿은 것이다. 두 사람의 맹공이 이어졌다.

"진선풍(塵旋風)…."

맹렬한 기세로 내리쳤다.

"…깎아 내기!!"

펼쳐진 연격은 바닥을 나선형으로 도려내면서 옆으로 진행해 코쿠시보를 몰아넣었다.

두 사람은 추가 공격을 가해서.

"바람의 호흡 제7형…."

"바위의 호흡 제1형…."

동시에 기술을 꺼냈다.

"경풍(勁風) 텐구 바람!!"

"사문암(蛇紋岩) 쌍극(双極)!!"

공중에 뛰어오른 사네미가 몸을 비틀면서 소용돌이 같은 참격을 날렸다.

사문암(蛇紋岩)
쌍극(双極).

경풍(勁風)
텐구 바람.

그리고 바깥쪽에서는 히메지마가 던진 손도끼와 쇠구슬이 코쿠시보의 양옆에서 날아왔다.

온갖 각도에서 일거에 공격받은 코쿠시보는 자신의 분신이라고도 할 수 있는 살덩이 칼을 치켜들어서 참격을 막아 냈다.

상처 하나 없이 두 사람에게 등을 돌리고 서 있는 코쿠시보.

그러나 격자무늬 기모노는 너덜너덜하게 찢겨 있었다. 갈기갈기 잘려 나간 천이 그 일대에 나풀나풀 흩날렸다.

히메지마와 사네미가 서로에게 외치며 달렸다.

"아직이야!! 몰아붙여!!"

"목을, 목을 벨 때까지는!"

"목을!!"

그 도깨비 사냥꾼의 목소리를 코쿠시보는 멀리서 아직 무사한 오른쪽 귀로 들으면서 서서히 돌아섰다.

"그래, 맞아."

다음 순간이었다.

히메지마와 사네미의 몸에 파앗! 하고 충격이 전해졌다.

도깨비까지의 거리는 아직 상당히 남아 있었다. 그럼에도 불구하고 두 사람의 팔에서, 관자놀이에서, 배에서… 몸 이곳저곳에서 피가 솟구쳤다.

'말도 안 돼… 무슨 일을 당한 거지?!'

히메지마가 어금니를 악물었다. 당장은 무슨 일이 일어난 것인지 이해할 수가 없었다.

'이 간격에서 공격이 닿다니?!'

놈이 뭘 한 거야? 뭘….

코쿠시보의 주위로 아지랑이처럼 뿌연 공기가 소용돌이쳤다.

휘오오….

요기(妖氣)일까, 아니면 살기(殺氣)일까.

뭉게뭉게 휘몰아치는 공기 속에서 코쿠시보의 상반신은 훤히 드러나 있었다. 검객답게 단련된 근육, 그곳에 불룩불룩 불거져 나온 혈관.

도깨비는 그 육체 앞에 칼을 수평으로 뉘여서 들고 있었다.

"기모노를 찢어 놓은 정도로는… 갓난아기도 안 죽지…."

그런데 칼의 형태가 조금 전까지와는 전혀 달랐다.

도신이 2배, 아니 3개 정도의 길이로 늘어났고, 거기서 반대로 젖혀진 짧은 칼이 뿔처럼 돋아나 있는 것이다. 짧은 칼은 칼등에 2개, 칼날에도 1개. 총 3개나 튀어나와 있었다.

그 3개의 짧은 칼에도 기분 나쁜 눈알들이 번뜩였고, 표면에는 혈관과도 같은 줄이 넓게 퍼져 있었다.

"너희 두 놈을 처단하면… 나머진 쉽게 끝나겠구나…."

사네미는 일륜도를 쥔 손에서 통증을 느끼고 바로 그쪽을 쳐다봤다.

다음 순간, 오른손 검지와 중지가 바닥에 투둑 하고 떨어졌다. 조금 전의 공격으로 손가락이 절단된 것이다.

이변을 느낀 히메지마가 소리쳤다.

"시나즈가와!!"

사네미는 속으로 욕을 퍼부었다.

'빌어먹을!! 빌어먹을!!'

거의 반응하지도 못했어….

히메지마 씨가 쇠사슬로 공격의 궤도를 바꿔 놓지 않았다면, 손가락 정도가 아니라 두 팔을 다 잃었을 거야.

제기랄!!

부상을 입으면 입을수록 동작이 둔해진다. 발목을 잡아당기게 돼.

희혈(稀血)도 거의 안 통한다. 강한 도깨비일수록 잘 통해야

맞는데, 빌어먹을.

심지어 저 무식하게 긴 칼을 어마어마한 속도로 휘두르고 있어, 저 괴물 자식.

'다음번에는 피할 수 있을까?! 돌진할 수 있을까?!'

손가락은 2개가 잘려 나갔지만, 아직 칼은 휘두를 수 있다. 싸울 수 있다.

코쿠시보에게서 거리를 유지하면서 사네미는 그 손으로 칼자루를 단단히 그러쥐었다.

그 상황을 상공에서 지켜보는 눈이 있었다.

꺾쇠 까마귀 한 마리와 그가 목에 달고 있는 부적… '종이눈'의 눈이었다.

눈 같은 문양이 그려진 이 부적은 도깨비 협력자인 유시로의 혈귀술로 만든 것이었다.

부적을 붙인 사람끼리라면 시각을 공유할 수 있다. 종이눈은 꺾쇠 까마귀뿐만 아니라 지상에 있는 키리야 남매도 이마에 붙이고 있었다.

즉, 무한성의 내부 상황이 종이눈을 통해 키리야 남매에게 전달되고 있는 것이다.

꺾쇠 까마귀가 선회하자 종이눈에 그려진 눈 모양도 마치 살아 있는 것처럼 번뜩 하고 움직였다.

제 9 화 비석* 같은 마음이 여는 길

키리야 남매가 있는 지상의 저택에서는.

"…키, 키리야 님."

쿠이나가 긴장된 얼굴로 입을 열었다.

우부야시키 저택이 폭발로 사라진 뒤에 사령 거점이 된 이 저택. 그 위치를 아는 사람은 일부에 불과했다.

안방에는 똑같은 단발머리를 하고, 똑같은 얼굴을 한 아이가 셋. 이마에 종이눈을 붙인 채 각자의 앞에 놓인 탁자에 무

※비석(匪石) : 돌처럼 단단하여 어떤 일에 쉽게 동요하지 않는 일.

한성 내부의 도면을 펼쳐 놓고 앉아 있었다.

중앙에 있는 검은 머리 소년은 8살이라는 나이에 큰 어르신이 된 키리야.

그 뒤에 앉은 하얀 머리 소녀 2명 중 키리야의 오른쪽에 있는 사람이 카나타, 왼쪽이 쿠이나였다.

성 내부에서 전달되는 정보를 바탕으로 세 사람은 도면을 작성해 작전을 짜는 중이었다.

처음에는 1장이었던 도면이 2장이 되고, 3장이 되고…. 복잡하고 기괴한 무한성 내부를 파악하기에는 몇 장을 그려도 부족했다.

쿠이나는 말을 이었다.

"상현1 쪽으로 다른 주들을 보낼까요? 토미오카 기유, 카마도 탄지로, 이 두 사람은 갈 수 있는데요."

암주는 어떻게든 버틸 수 있을 것 같지만, 풍주도 하주도 심각한 부상을 입었다. 게다가 겐야는 움직이는 것조차 어려웠다.

잠깐의 침묵이 흘렀다. 키리야는 최선의 대책을 생각하는 중이리라.

카나타와 쿠이나는 마른침을 삼키며 대답을 기다렸다.

"아니."

라고 키리야는 뒤돌아보지 않은 채 대답했다.

"기유와 탄지로는 그대로 무잔 쪽으로. 상현1은…."

앞쪽을 똑바로 응시하면서 담담하게, 하지만 힘주어 단언했다.

"교메이와 사네미, 무이치로와 겐야, 이 네 사람이 반드시 쓰러뜨릴 거다."

그리하여 상현1 토벌은 히메지마를 포함한 네 사람에게 맡겨졌다.

물론 그들도 그럴 각오는 되어 있었다.

히메지마와 사네미는 코쿠시보로부터 충분한 거리를 벌린 다음, 공격해 들어갈 틈을 노렸다. 도깨비가 지닌 장대한 칼은 들고만 있어도 휘이이잉 하고 공기를 진동시켰다.

그리고.

"달의 호흡 제7형…."

숨을 내뱉으며 공격을 준비하는 코쿠시보. 주 두 사람은 방어 태세를 취했다.

아니.
상현1은
기유와 탄지로는 그대로 무잔 쪽으로.
교메이와 사네미, 무이치로와 겐야, 이 네 사람이 반드시 쓰러뜨릴 거다.

"액경(厄鏡) 아름답게 비추는 달."

코쿠시보가 이형의 칼을 휘두르자마자 대략 10미터는 될 거리에서 공기를 찢는 듯한 참격이 몇 줄기나 되어서 덮쳐 왔다.

히메지마는 쇠사슬을 정교하게 조종해 참격을 쳐냈다.

'이 엄청난 간격!! 공격 범위가 두 배 이상으로 늘어났다. 그리고 이 속도…. 이건 낭패인데!!'

자비 없이 밀려드는 공격을 사네미는 칼로 받아 내고, 날쌔게 물러나며 피했다.

그러나 잇따라서 다음 공격이!

"달의 호흡 제8형 월룡륜미(月龍輪尾)."

칼이 수평으로 크게 휘둘러졌다.

그 단 한 번의 칼놀림으로 공간을 도려내듯이 일대가 베어 넘겨졌다.

게다가 강렬한 참격의 주위에는 그 초승달 형태의 자잘한 칼날이 불규칙적으로 날아다녀서 피부와 살을 예리하게 베었다.

'목을 못 노리겠다. 가까이 갈 수가 없어!! 너무 빨라서 위험해!!'

피가 흐르는 오른손으로 칼을 쥔 사네미는 코쿠시보의 움직임에 집중했다.

'공격을 피하는 것만으로 혼신의 힘을 사용하고 있다!!'

공격이, 또 날아온다!

"달의 호흡 제9형 이지러지는 달 연면(連面)."

등에 닿을 만큼 들었던 칼을 앞으로 강하게 내리쳤다. 그와 함께 초승달 같은 날카로운 참격이 무시무시한 속도로 수없이 쏟아져 내렸다.

사네미는 다치지 않은 왼손으로 칼을 바꿔 들고서 참격의 사이를 뚫고 달렸다. 그러나 미처 피하지 못한 참격이 등을 베었다. '죽일 살(殺)'이라는 글자가 적힌 두루마기의 등 부분에서 피가 뿜어져 나왔다.

앞으로 고꾸라져서 땅에 한쪽 무릎을 꿇은 그에게 히메지마가 외쳤다.

"시나즈가와!!"

"히메지마 씨, 난 신경 쓰지 마!!"

도움이 되지 못한다면 최소한 짐이 되고 싶지는 않았다. 지금은 오로지 도깨비를 쓰러트리는 것에 전력을 쏟아부어야만 했다.

코쿠시보는 쉴 새 없이 공격을 퍼부었다. 잠깐이라도 판단이 지체되면 순식간에 저 예측 불가능한 검격에 당하고 말 것이다.

"달의 호흡 제10형…."

코쿠시보의 칼이 웅웅 소리를 냈다.

"천면참(穿面斬) 나월(蘿月)."

그러자 갑자기 사네미의 앞에 마치 회전하는 거대한 톱 같은 칼날이 나타났다. 심지어 2연속 공격이었다. 칼날은 그를 난도질하려고 접근해 왔다.

지금 당장 일어나지 않으면… 이 자리에서 이동하지 않으면 산산조각이 난다….

그때였다.

칼날에 바닥을 가르는 날카로운 소리와 함께 사네미의 몸이 공중에 떠올랐다. 참격이 닿기 전에 누군가가 그를 안고 높이 뛰어오른 것이었다.

안긴 채 거꾸로 바닥을 향해 추락하는 사네미는 등 뒤로 시선을 돌렸다.

"토키토!!"

그렇다. 급히 달려온 사람은 토키토 무이치로였다.

잘려 나간 왼팔의 단면에는 천이 휘감겨 있었다.

거기에 오른손은 일륜도를 꽉 쥔 채로 그 위에 천을 둘둘 감아서 칼이 떨어지지 않도록 고정해 놓았다.

어깨 아래쪽을 꿰뚫린 탓에 오른손의 악력을 대폭으로 잃고 말았다. 그래서 겐야에게 천을 감아 달라고 부탁한 것이다.

온몸을 피로 물들인 무이치로는 자신보다 큰 사네미의 몸을 필사적으로 부둥켜안고 말했다.

"죽게 놔두지 않아. 당신은 아직 두 팔로 칼을 휘두를 수 있잖아…!!"

도움이 되고 싶다. 지키고 싶다. 죽게 놔두고 싶지 않다.

그렇게 간절히 바라는 이는 여기에도 있었다.

시나즈가와 겐야였다.

'할 수 있을까? 내가.'

검은 기둥 사이에 세워진 격자문 뒤에 몸을 숨긴 그는 멀리서 펼쳐지고 있는 형과 스승의 격전을 엿보고 있었다.

양팔과 몸통에는 무이치로가 응급 처치로 감아 준 흰 천이 감겨져 있었다. 코쿠시보의 머리카락을 먹은 덕분에 팔도 몸통도 원래대로 이어져서, 지금은 일어나 걸을 수 있을 만큼 회복했다.

그의 심장이 불안과 공포로 두근두근 하고 빠르게 고동쳤다.

'도움이 될 수 있을까, 내가?'

코쿠시보에게 몸을 잘렸을 때가 다시 떠올랐다. 그 도깨비는 칼을 휘두르는 동작도 보이지 않고 순식간에 겐야의 몸통을 두 동강 냈다.

'또 금세 들켜서 몸통이 갈라지고 끝나는 거 아냐?'

그러나 겐야의 시야가 바야흐로 고전을 면치 못하고 있는 사네미를 비췄다.

형은 무이치로와 함께 초승달 같은 도깨비의 칼날로부터 벗어나고자 일륜도를 치켜들고 후퇴 중이었다.

겐야는 왼손의 총을 단단히 그러쥐었다.

'형… 형….'

죽게 놔두고 싶지 않아…. 절대로 실패할 수 없어.

히메지마 씨.

토키토 씨.

'아아아악!! 젠장!! 젠장!!'

스승인 히메지마의 온화한 미소와, 무이치로가 아직 어린아이답게 활짝 웃는 모습을 떠올리자 겐야는 더욱더 초조해졌다. 온몸에서 식은땀이 줄줄 흘러내렸다.

'내가 좀 더 강했더라면!! 주였다면!!'

구하고 싶다고 여기면 여길수록 몸이 경직되어 잘 움직일 수 없었다.

무서웠다… 도움이 못 될까 봐. 동료를 못 지킬까 봐.

난 왜 이다지도 약한 거지? 분하다. 분하다.

'약한 게 분하다.'

하지만 그때, 겐야의 머릿속에 탄지로의 목소리가 울려 퍼져서 퍼뜩 놀라 눈을 부릅떴다.

"가장 약한 사람이 가장 큰 가능성을 갖고 있는 거야, 겐야."

히메지마의 도장. 주 훈련을 받다가 오두막의 화덕 옆에서 차를 마시며 잠시 휴식을 취하던 때에 탄지로가 그렇게 말했다.

"내가 상현6과 싸웠을 때 그랬거든. 내가 약했기 때문에 상황을 바꿔 놓을 수 있었어."

상현6은 다키와 규타로라는 남매 도깨비였다. 그들은 음주 우즈이 텐겐을 충분히 경계했지만, 탄지로는 상대가 되지 않는다며 방심했다.

가장 약한 사람이
가장 큰 가능성을 갖고 있는 거야, 겐야.
내가 상현6과 싸웠을 때 그랬거든.
내가 약했기 때문에 상황을 바꿔놓을 수 있었어.
적이 우릴 경계할 수 있는 절대적인 숫자는 정해져 있어.

"적이 우릴 경계할 수 있는 절대적인 숫자는 딱 정해져 있어."

탄지로는 냉철하게 분석했다.

그러니까 그다음은 적이 그걸 어떻게 배분하느냐가 관건이야.

적은 강한 사람을 더 경계하고 있어 그들에겐 벽이 두껍지만, 약하다고 간주한 인간에겐 경계의 벽이 얇거든.

그래서 그 약한 사람이 예상 밖의 움직임으로 그 벽을 깨부수면, 풍향이 단숨에 바뀌어.

승리로 가는 활로가 열리는 거야….

'탄지로, 탄지로.'

격자문 틈새로 전투를 바라보면서 겐야는 마음속으로 이름을 외쳤다.

'정말이냐? 정말로 그런 거야? 내가 할 수 있다고 생각해?'

탄지로가 싱긋 웃으며 "할 수 있어."라고 대답한 것 같은 기분이 들었다.

두근, 두근. 심장이 시끄럽게 뛰었다. 식은땀이 흘러내렸다.

겐야는 대원복 위에 겹쳐 입은 소매 없는 두루마기의 안주

두근
탄지로.
탄지로.
정말이냐? 정말로 그런 거야? 내가 할 수 있다고 생각해?
두근
두근
두근
두근
두근
두근
두근
하자.
하자.
하는 수밖에 없어.

머니로 오른손을 집어넣어서 천으로 감싼 길고 가는 무언가를 꺼내들었다.

'하자. 하자…. 하는 수밖에 없어.'

천을 끄르자 나타난 것은 코쿠시보의 칼의 일부였다

히메지마의 쇠사슬에 잘려서 바닥에 떨어진 칼끝이었다. 표면에 혈관과 눈알이 불룩 튀어나와 있는 소름 끼치는 칼.

'이기는 것만 생각하자.'

겐야는 입을 크게 벌리고 칼끝을 목 안으로 밀어넣었다.

'나는 형이, 사부님이, 동료들이 절대로 죽게 놔두지 않을 거야.'

미간을 잔뜩 찌푸리며 꿀꺽 집어삼키고, 입을 손바닥으로 틀어막았다.

'또 베였을 때 먹으려고 했는데, 그런 소극적인 자세는 안 통한다.'

목이 베여서 입 밖으로 넘쳐흐른 피가 손가락을 타고 흘렀다. 고통스러워서 신음이 나오려는 것을 필사적으로 견뎠다.

'공격하는 자세를 무너뜨리지 마.'

그 직후였다.

심장이 두근 하고 크게 뛰더니 겐야의 몸에 이변이 일어났다.

무이치로가 가세하면서 주가 세 사람이 되었지만.

코쿠시보의 맹공은 그칠 줄을 몰랐다.

"바위의 호흡 제5…."

히메지마의 쇠사슬을 가로막듯이 코쿠시보가 기술을 꺼냈다.

"달의 호흡 제16형 월홍(月虹) 조각달."

여러 방향으로 흩어져 있는 세 사람을 정확히 겨냥하여 상공에서 참격이 쏟아졌다. 그 위력은 어마어마해서, 마치 상공에서 폭격을 받은 것처럼 바닥이 파괴됐다.

'기술에 끝이 없다. 도대체 몇 가지 형태를 갖고 있는 거지?'

히메지마는 잇따라 날아오는 공격을 피하면서 침착하게 상황을 분석했다.

'…이상해. 너무 빨라. 공격할 수가 없다. 전부 예측하고 있어. 근데 그게 해도해도 너무 빠르다.'

자칫 공격 동작에 들어가기도 전에 움직임이 봉쇄된다.

기술을 끄집어내려 생각한 순간 이미 간파당하고 있어. 이

상해.

신통력이라도 쓰고 있는 건가? 이 도깨비에겐 뭐가 보이는 거지?

뭘 보고 있는 거지?

감각을 날카롭게 곤두세워 위화감의 정체를 알아내라.

도깨비는 인간의 형태가 변모된 것. 도깨비가 할 수 있는 건 인간도 할 수 있다. 호흡은 말 그대로 인간을 도깨비처럼 강하게 만든다.

이 보이지 않는 눈은 본질을 꿰뚫어 보는 눈. 결코 현혹되지 않아.

'극한까지 지켜봐라!!'

멀리 떨어져 있는 도깨비가 날카로운 파상 공격을 날렸다. 그 동작을 조금도 놓치지 않으려고 히메지마는 보이지 않는 눈을 부릅떴다.

보다 더 예리해진 그의 감각은 어디선가 두근, 두근 하고 들려오는 맥동을 포착했다. 도깨비의 심음(心音)일까?

그것은 차츰 강해지고 커져서 그의 몸속까지 울렸다.

마치 코쿠시보 그 자체에게 청각이 접근하는 것 같았다.

그리고 마침내….

두근.

원거리에 있을 터인 도깨비의 몸이 바로 코앞에 있는 것처럼 느껴졌다.

심지어 기모노도 피부도 투과해 몸속의 근육과 뼈가 보였다. 움직임을 알 수 있었다.

'뭐지, 이건?!'

맥동(脈動)을 지각할 수 있었다. 또렷하게 상이 맺혔다…. 이건?

'혹시 이것이!!'

한편 무이치로는 코쿠시보가 날리는 참격의 사이를 누비면서 한 발짝이라도 가까이 다가가고자 고전하고 있었다.

'안쪽으로… 간격의 안쪽으로 들어가라.'

단 한순간이라도 좋다. 불과 한순간이라도 상현1의 움직임을 막을 수 있다면,

아주 조금이라도 공격의 손길을 늦춰 놓을 수 있다면,

'히메지마 씨, 시나즈가와 씨 중 누군가가 놈의 목을 베어

줄 거다… 반드시!!'

그는 후우우읍 하고 호흡을 사용해 집중력을 높였다.

'한쪽 팔을 잃고 실혈도 겹쳐서, 이제 나에게 남은 시간은 거의 없다.'

아직 움직일 수 있을 때, 도움이 될 수 있을 때… 서둘러야 해!!

무이치로는 코쿠시보의 간격 안으로 성큼 달려갔다.

"!"

히메지마는 무이치로의 움직임이 무엇을 의미하는지를 순식간에 파악하고 외쳤다.

"! 시나즈가와!!"

"!!"

사네미도 즉각 이해했다.

무이치로가 타앙! 하고 바닥을 세게 박차서, 폭발적인 속도로 코쿠시보에게 돌진함과 동시에.

후욱! 사네미가 뛰어나갔다

타앙! 히메지마가 뛰어나갔다.

'!! 내 의도를 파악하고 맞춰 주었어.'

무이치로의 마음이 두 사람에게 오롯이 전해진 것이다.

이에 맞서는 코쿠시보는 공격해 오는 세 사람의 움직임을 침착하게 확인하고 있었다.

'흐음…. 동시에 덤벼드는 것 외엔 다른 방법이 없겠지. 하지만 이로써 나도 세 명을 동시에 처리할 수 있게 되었다.'

"달의 호흡 제14형…."

긴 칼을 정면에 겨눴다.

"흉변(兇變) 천만섬월(天滿纖月)."

그것을 강하고 매우 빠르게 휘둘렀다.

다음 순간, 몇 겹이나 겹쳐진 거대한 참격이 소용돌이를 치며 세 사람을 덮쳤다.

격이 다른 크기였다. 소용돌이 하나의 규모는 저택 하나를 집어삼킬 만큼 커서, 세 사람이 작은 벌레처럼 보일 정도였다.

하지만 너무 크기 때문에 뚫고 들어갈 틈도 생겼다.

'들어가라, 들어가라, 들어가라, 들어가라!!'

참격의 소용돌이 틈새로 도깨비의 모습이 드문드문 엿보였다. 그곳을 향해 세 사람은 돌진했다.

'뚫고 나가라!! 간격 안쪽으로!!'

무이치로가 소용돌이의 사이를 헤치며 달렸다.

'파고들어라!! 공격의 틈새를 파고들어라!!'

거대한 소용돌이와 동시에 그 자잘한 초승달 형태의 참격도 무수히 날아왔다.

그것들을 재빠르게 피하면서 사네미가 달려갔다.

'겹쳐진 공격의 틈새!!'

어지럽게 나는 칼날들 사이에서 히메지마가 쇠사슬을 쥔 손을 크게 휘둘렀다.

그 직후, 코쿠시보는 칼자루를 쥔 오른손에 뭔가가 부딪친 것을 느끼고 시선을 떨어트렸다.

손등에 빨갛게 빛나는 구슬이 파고들었다. 어디선가 탄환처럼 날아온 것이다.

'쇠구슬 사내의 염주?!'

얼마 전의 공격으로 끈이 끊어져서 떨어졌던 큼직한 염주알이었다.

'쇠사슬을 휘두르는 순간에 던진 건가? 어떻게 내 시야에서 빠져나왔지?'

이 거리라면 간단히 감지했을 터인데, 전혀 알아차리지 못했다. 제아무리 코쿠시보라도 이 상황에는 약간의 초조함을 느끼기 시작했다.

그러자 그때, 풍주가 회오리바람처럼 돌진해 왔다.

"진선풍 깎아 내기!!"

충격파가 바닥을 도려내며 나아갔다. 코쿠시보는 그것을 피하려고 몸을 돌렸지만, 상대는 그 틈을 놓치지 않았다.

퍼억!

쇠구슬이었다. 암주의 쇠구슬이 오른쪽 어깨를 정통으로 때려서 어깨와 함께 팔이 뭉텅 날아갔다.

이번에도 공격을 감지하지 못한 코쿠시보는 어떠한 낌새를 느꼈다.

'또…. 알았다. 이 작자….'

얼굴을 들어 암주를 바라본 순간이었다.

이번에는 옆구리에서 충격이 일었다.

푸욱!

옆구리를 찔린 것이다… 하주의… 무이치로의 일륜도로!

몸을 관통한 도신이 등을 뚫고 나왔다.

찔리는 동시에 코쿠시보도 반사적으로 칼을 휘둘렀다. 그 칼에 무릎 아래가 절단된 하주의 오른다리가 공중에 떠올랐다.

하주. 자신의 자손인 검객. 아직 앳돼 보이는 소년이 자신을 증오가 담긴 눈으로 올려다보고 있었다.

노려보면서 쿨럭 하고 피를 토했지만, 그래도 칼을 밀어 넣는 손에는 계속해서 힘을 실었다. 왼손을 잃고, 오른손도 자유롭게 움직이지 못하는 이 아이가.

'경동맥을 베지 못했다.'

무이치로의 목을 향해 칼을 휘둘렀을 터인데, 재빠르게 피한 듯했다.

'아슬아슬하게 피했어. 내 공격을… 다친 어린애가.'

놀라움의 빛이 떠오른 코쿠시보의 눈 6개가 무이치로를 내려다봤다.

'염주에 맞아 조금이나마 공격이 둔해졌다 하더라도…. 설마 이 눈빛.'

부릅뜬 무이치로의 눈이 단 한 번의 깜빡임도 없이 코쿠시보를 쏘아봤다.

'보이는 건가? 나와 같은 세계가.'

내비치는 세계.

피부를 통과해 그 안에서 움직이는 근육과 뼈, 신경과 혈관

경동맥을
베지 못했다.

을 꿰뚫어 볼 수 있는 눈.

그 눈이 있으면 다음 동작을 예상할 수 있다… 즉, 공격의 회피가 가능하다. 한발 앞서 반격으로 전환하는 것도 가능해진다.

'저자도 마찬가지다. 감지하고 있어. 싸움 도중에 보이기 시작한 거야.'

그리고 심지어 저 남자는…이라며 코쿠시보는 달려오는 히메지마 쪽으로 시선을 옮겼다.

'내 눈을 속였다. 제 피의 순환을 조작해 공격을 교란시켰어.'

전방에서 도깨비 사냥꾼이 빠르게 다가왔다.

왼쪽에서는 손도끼를 든 암주가.

오른쪽에서는 칼을 치켜든 풍주가.

'예기치 못한 일들이 여러 개 일어났다. 하지만… 그 누구의 칼날도 내 목에는 닿지 못했어. 속임수도, 교란도, 알고 나면 아무 의미도 없지.'

"달의 호흡 제16형…."

코쿠시보는 간격을 좁혀 온 두 사람을 일망타진하고자 칼을 높이 들었다.

히메지마와 사네미가 똑바로 달려오는 것을 느끼면서 무이치로는 자기 자신에게 되뇌었다.

'놓지 마!! 놓지 마!! 몸이 산산조각 나더라도….'

천으로 칼을 고정했다고는 하나, 이미 오른손에는 칼자루를 쥘 힘이 거의 남아 있지 않았다.

'겐야, 쏴도 돼.'

마음속으로 간절히 기도했다.

그리고 바로 지금, 겐야는 총을 겨누고 있었다.

격자문 사이에 서서 왼손을 똑바로 뻗어 표적을 조준하는 중이었다.

그의 쌍대총은 모습이 완전히 바뀌었다. 총신에 코쿠시보의 칼과 똑같은 눈알이 여러 개 줄지어 있고, 눈 주변에는 살점인지 신경인지 모를 여러 갈래의 기묘한 힘줄이 넓게 뻗어 있었다.

코쿠시보의 칼을 먹은 반응이 총에도 미친 것이었다.

총을 겨눈 겐야는 무이치로가 한 말을 떠올렸다.

조금 전에 두 사람은 서로의 상처를 치료했다. 무이치로는 겐야의 절단된 몸에 천을 감고, 겐야는 무이치로의 칼을 그의 오른손에 천으로 묶어 고정시켰다.

그런 뒤에 무이치로는 그에게 말했다.

"겐야, 쏴도 돼."라고.

"개의치 마."라고.

"내가 상현1의 움직임을 막고 나면, 나까지 함께 쏴 버려도 되니까."라고.

그리고 "절대로 망설이지 마."라고.

'알아.'

총을 겨눴다. 겐야의 눈은 흰자가 검붉게 물들고 동공을 중심으로 핏줄이 여러 개 불거져서… 상현1과 똑같은 눈으로 변화해 있었다.

심지어 오른쪽 이마에는 코쿠시보와 똑같은 반점까지 떠올랐다.

총에 생겨난 눈알들이 번뜩이면서 이곳저곳을 쳐다봤다.

'알고 있어.'

지금 무이치로는 코쿠시보의 몸에 바짝 달라붙어서 옆구리에 일륜도를 꽂아 넣고 있었다.

이 각도에서 쏘면 그를 맞혀 버릴지도 모른다.

그래도 무이치로의 바람에 부응하고 싶었다.

내가 상현1의 움직임을 막고 나면,
나까지 함께 쏴버려도 되니까,
절대로 망설이지 마.
알아.
번뜩
알고 있어.
번뜩
타앙

겐야는 손가락에 힘을 줘서 방아쇠를 당겼다.

타앙!

묵직한 총성이 주위에 메아리쳤다.

"?!"

이변을 감지한 코쿠시보는 뒤를 돌아보며 반사적으로 칼을 휘둘러서 탄환을 튕겨 냈다.

카가가각 하고 산탄이 부딪치는 요란한 소리가 울려 퍼졌다.

그런데 한 번 튕겨 냈을 탄환의 궤도가 빙그르 휘어졌다. 그리고 다시 코쿠시보를 노리고 날아와 팔과 어깨에 박혔다.

'뭐지, 이건?'

코쿠시보는 경악했다.

'칼로 튕겨 냈음에도 불구하고, 마치 생물처럼 휘어 몸에 박혔다.'

시선을 들자 분명히 몸통과 양팔을 절단했던 도깨비 사냥꾼이 멀리서 이쪽을 향해 총구를 겨누고 있었다.

'저 모습…!!'

자신과 똑같은 눈을 하고, 반점까지 발현시켰다. 심지어 그

총까지도.

'남만총이 변형되었다. 혹시 저건!!'

우직….

불쾌한 소리가 났다. 그것은 자신의 몸속에서 들려왔다.

다음 순간, 몸에서 뭔가가 꾸드득 하고 돋아났다.

그것은 삽시간에 성장해서 코쿠시보의 다리를 휘감고, 몸통에 얽히고, 팔도 칼을 든 상태 그대로, 무이치로까지 함께 옭아맸다.

'나무…?! 뿌리를 내려 못 움직이겠어!!'

나무는 모두 탄환을 맞은 부분에서 자라난 것이었다.

'역시 혈귀술!!'

울퉁불퉁하고 굵직한 나무는 코쿠시보의 몸을 꼼짝달싹 못하게 조였다. 총을 쏜 그 도깨비 사냥꾼은 분명히 도깨비를 잡아먹고 다니던 자였다. 그렇다는 것은….

'잘린 머리카락과 부러진 칼날. 내 일부를 흡수해서….'

"!!"

강렬한 살기를 느낀 코쿠시보는 고개를 돌렸다.

눈앞에 암주가 있었다. 풍주가 있었다. 그들이 목을 자르려고 덮쳐 왔다.

마침내 간격에 들어오는 것을 허용하고 말았다.

'명치부터 가마까지 뚫고 지나가는 초조함.'

움직임이 봉쇄된 상태인 코쿠시보는 6개의 붉은 눈을 부릅떴다.

생명이 위협당하자 뼛속까지 얼어붙었다.

평정이 발밑에서 와해되는 느낌.

꺼림칙하고, 그리고 그리운 느낌.

'4백 년 만에 느껴 보는….'

코쿠시보의 의식은 아득히 먼 옛날에 있었던 어느 날 밤으로 날아갔다.

제 10 화 붉은 달밤에 꾼 악몽

4백 년 전 그날,

붉은 달이 뜬 밤이었다.

무성한 참억새로 뒤덮인 한적한 황야.

그곳에 위엄 있게 서 있는 7층탑을 달빛이 조용히 비추고 있었다.

하늘에는 얇은 구름이 가로로 길게 뻗어 있고, 바람이 불 때마다 참억새 잎이 살랑살랑 흔들렸다.

그런 밤에.

'나는… 믿을 수 없는 광경을 보았다.'

코쿠시보가 걸어가는 앞에 나이 든 무사 한 명이 서 있었다.

길게 자란 흰 머리카락을 하나로 묶고, 허리춤에 꽂은 것은 손때가 묻은 칼.

눈은 희뿌옇게 탁해졌고, 얼굴과 목에는 깊은 주름이 새겨져 있었지만, 그래도 아직 예리함과 용맹함이 남아 있었다.

그리고 이마 왼쪽부터 관자놀이에 걸쳐 떠올라 있는 붉은 반점.

그 반점을 잊을 리가 없었다.

'늙은 '동생'의 모습이 그곳에 있었다.'

츠기쿠니 요리이치.

쌍둥이 동생.

마지막에 만난 뒤로 60여 년의 세월이 흘렀다. 여전히 인간의 모습인 요리이치는 분명 여든 살이 넘었을 것이다.

"…말도 안 돼. 어떻게 살아 있는 거지?"

코쿠시보는 저도 모르게 그렇게 말했다.

"분명 다 죽어야 맞잖아. 25살이 되기 전에. 왜 너는…. 왜 너만."

그러자 요리이치의 두 눈에서 눈물이 주륵 흘러내렸다.

"딱하구려. 형님."

믿을 수 없는
광경을
보았다.

늙어서 추한 모습을 한, 과거에 동생이었던 생물에게… 동정을 샀다.

하지만 분노는 느껴지지 않았다. 60년 전에는 그토록 눈엣가시였던 동생인데도.

'형님'이라 부르는 그 목소리는 몹시도 잠겨 있었다.

작은 감정의 기미조차 보이지 않던 동생이 눈물을 흘리고 있는 모습에 난생처음으로 치밀어 오르는 무언가가 있었다.

'나는… 내 예기치 못한 동요에 곤혹스러웠다.'

죽여야 한다. 인간이었던 시절 내 살의 반쪽을. 전성기가 지나 취약한 육체를 가진 노인을.

놈이 도깨비 사냥꾼인 한, 내게 칼날을 겨누는 자는 일도양단하지 않으면 안 된다.

'그런데 이 기묘한 감상도 그다음 순간에는 훅 날아가 버렸다….'

요리이치가 고목의 가지처럼 말라붙은 손을 칼자루로 가져가고 몸의 중심을 낮췄다.

그러자 쿠구웅 하고 공기가 묵직해졌다.

노쇠한 몸이라는 것이 믿기지 않을 정도의 강렬한 기운이 피어올랐다.

'마치 두 어깨에 바위가 얹어진 것처럼 그 위압감에 공기의 무게가 커졌다. 그 자세에는 한 치의 허점도 없었다.'

"간다."

요리이치는 딱 한마디, 그 말만을 남겼다.

코쿠시보가 방어 태세를 갖췄을 때는 이미….

크헉!

철퍽거리는 소리와 함께 그의 목에서 피가 뿜어져 나왔다. 완전히 잘리지는 않았지만 깊숙이 베였다.

눈으로 좇지도 못할 속도로 옆을 스쳐 지나간 요리이치는 코쿠시보의 등 뒤에 있었다.

'어째서 늘 네가… 너만 늘 항상 **특별**한 것이냐?'

피를 토한 코쿠시보는 목이 떨어지지 않도록 손으로 받치고 상처 부위가 재생되기를 기다렸다. 그리고 이를 뿌득뿌득 갈면서 뒤를 돌아봤다.

요리이치는, 늙은 동생은 평온하게 숨을 쉬며 서 있었다.

'반점을 가진 자인데도 오래 살아남고, 그 노구로 휘두르는 기술도 전성기와 하등 다르지 않은 속도, 그리고 위력.'

기억이 선명하게 되살아났다.

60년 전 그 원망과 미움의 날들. 뼈까지 다 태워 버릴 듯한 질투심.

너만이 이 세상의 섭리 바깥에 있다. 신들의 총애를 한몸에 받으며 살고 있다.

네가 밉다.

죽이고 싶다.

코쿠시보는 얼굴을 일그러트리고 송곳니를 드러내면서 요리이치를 노려봤다.

'그러나 다음 일격으로 내 목이 달아날 거라는 확신이 있었다.'

그분마저 궁지에 몰아넣은 검술. 그것은… 신의 경지임에 틀림없었다.

초조함과 패배감으로 오장육부가 뒤틀려 끊어질 것 같았다.

그런데,

다음 일격이 날아오는 일은 끝내 없었다.

요리이치는 선 상태 그대로 수명이 다 되어 죽은 것이다.

제 11 화 후생이 가외*(可畏)라

요리이치의 수명이 한 호흡만 더 길었어도, 나는 졌을 것이다.

오래 살기 위해 도깨비가 된 나는 그 굴욕을 장장 수백 년이나 계속 맛보았다.

요리이치가 죽은 이상, 명예로운 죽음이 찾아올 일은 없다. 도깨비 사냥꾼의 긴 역사 속에서 가장 뛰어난 검객이 죽은 지금, 나는 이제 질 수 없다.

※가외 : 두려워할 만함.

'그래. 나는 계속 이기는 길을 선택한 것이다.'

이렇게 추한 꼴이 되면서까지….

겐야의 혈귀술에 의해 나무에 꽁꽁 휘감겨 있던 코쿠시보가 별안간 입을 크게 벌렸다.

마치 포효하는 것처럼 6개의 붉은 눈을 부릅뜨고, 날카로운 이를 드러내면서.

다음 순간, 그의 몸에서 무수한 참격이 튀어나왔다.

초승달 형태의 참격이 연달아 날아와서 네 사람을 덮쳤다.

그것은 검은 기둥을 몇 개나 쓰러트리고, 히메지마와 사네미를 튕겨 냈다.

게다가 무이치로의 몸통을 두 동강 내고, 겐야의 몸을 머리부터 세로로 양단했다….

공격을 마친 코쿠시보는 나무의 구속으로부터 풀려났다.

심지어 몸에서는 몇 자루나 되는 칼이 거대한 뿔처럼 솟구쳤다. 몸 안쪽에서 살을 가르고 칼이 돋아난 것이다.

무이치로는 그런 상황에도 코쿠시보를 찌른 일륜도에서 손을 놓지 않았다.

그러나 이미 그의 몸은 허리 아래쪽이 없었다. 코쿠시보의 몸을 꿰뚫은 칼을 잡고 매달려 있는 상태나 다름없었다.

'온몸에서 칼날이…!! 휘두르는 동작도 없이… 끄집어낸 칼날의 숫자만큼 공격을 날렸다.'

무이치로는 아직 의식이 있었다. 얼굴이 경직되고, 땀이 뿜어져 나왔다.

'조금 전까지 그토록 칼 한 자루에 애먹었건만. 이… 괴물. 낭패다…. 이제 죽는다. 아무 도움도 되지 못하고….'

다른 세 사람으로부터 약간 떨어진 장소에 있던 겐야의 상반신은 정중앙을 깨끗이 베여서, 오른쪽 절반을 잃고 피 웅덩이 속에 쓰러져 있었다.

그가 이런 몸이 되어 버린 것을 히메지마도, 무이치로도, 형인 사네미도 아직 몰랐다.

'지킬 거야…. 모두를 지킬… 거야….'

겐야는 마음속으로 그렇게 되뇌었다. 붉은, 도깨비의 눈을 한 채로.

이런 상태로도 살아 있는 것은 아직 도깨비의 힘이 남아 있어서였다.

공격이 그쳤다고 판단한 히메지마와 사네미는 도깨비에게 맞섰다.

무이치로는 초조했다.

'안 돼. 히메지마 씨도, 시나즈가와 씨도 죽을 때까지 싸울 거다. 하지만 이 두 사람까지 죽게 놔둬선 안 돼.'

지근거리에서 방금 전의 공격을 또 받는다면, 히메지마도 사네미도 무사하지는 못하리라.

'아직 무잔이 남아 있다. 모두를 위해서라도 이 두 사람을 지켜야 해.'

키이이잉….

코쿠시보의 주위에서 소리인지 기(氣)인지 모를 수상한 기척이 피어올랐다.

'또 기술이… 날아온다…. 내가… 무슨 수를 써야 해.'

몸이 절반만 남은 무이치로는 더 이상 여기서 움직일 수 없었다. 그런 자신이 할 수 있는 일은 무엇일까.

돕고 싶다. 지키고 싶다.

두 사람이 여기서 죽어 버리면, 무잔을 쓰러트리는 것도 불가능해진다.

무슨 수를 써야 했다. 상현1이 다음 공격을 날리기 전에. 그리고.

'내가… 죽기… 전에….'

궁지에 몰린 무이치로는 마치 무언가에 이끌리듯 칼자루를 쥔 오른손에 힘을 실었다.

천으로 감아 칼을 고정해야 할 정도로 악력을 잃어버린 오른손에 남아 있는 모든 힘을 쏟아부었다.

그러자 다음 순간, 일륜도의 색깔이 바뀌었다.

타오르는 것처럼 붉게.

하주의 칼에 어울리는 흰빛을 띠던 도신이 마치 도공의 화로에서 달궈진 것처럼 붉게, 격렬하게 색을 바꾼 것이다.

그것을 알아차린 코쿠시보는 경악해서 눈을 크게 떴다.

"?!"

자신의 옆구리를 관통하고 있는 무이치로의 칼이 갑자기 붉어졌다. 도신의 밑동에 새겨진 '악귀멸살'이라는 글자도 보다 선명하게 떠올랐다.

'칼날이… 붉게…?!'

직후에 불쾌한 격통이 뿌드득 하고 온몸에 퍼졌다.

'뭐지, 이건…?! 몸이 경직된다…!! 내장이 타들어 가는 듯한

격통…!!'

얼굴을 찡그리며 이를 악물었다. 도깨비가 된 이후로 오랜 세월 느껴 본 적 없었던 육체의 고통이 지금 코쿠시보의 몸을 괴롭히고 있었다.

게다가 몸이 말을 듣지 않았다.

눈앞에 풍주가 접근해서 목을 향해 칼을 휘두르건만, 움직일 수가 없었다.

채애앵!

코쿠시보의 목을 풍주가 일륜도로 옆쪽에서 후려쳤다.

그러나 피가 나긴 했어도 그 단단하고 강인한 살에 칼날이 깊이 들어가진 못했다….

그들로부터 조금 떨어진 장소에서 바닥에 쓰러져 있던 겐야는 거의 마지막 남은 숨을 헐떡이면서 그 상황을 보고 있었다.

허리 위쪽이 왼쪽 절반만 남아 버린 그에게는 이제 왼눈밖에 남아 있지 않았다.

그 눈을 크게 뜨고 필사적으로 지켜봤다.

형이 칼을 내리치는 모습을.

히메지마가 쇠구슬을 휘두르는 모습을.

무이치로의 일륜도가 붉게 물드는 순간을.

'아직 남아 있다. 내 육탄(肉彈)이… 저놈의 몸속에….'

겐야가 총으로 쏜 탄환은 도깨비화한 겐야의 살로 만들어진 것이었다. 그것이 코쿠시보의 몸속에 여전히 박혀 있었다. 평상시라면 이물을 바깥으로 배출하는 일쯤이야 간단하겠지만….

'모두의 맹공으로… 미처 신경 쓸 새가 없는 거야….'

겐야는 마지막 힘을 쥐어짰다.

총을 쏘듯이 왼팔을 곧게 뻗었다. 하지만 그 팔의 끝에는 총은커녕 손목 아래쪽이 이미 잘려 나가고 없었다.

도깨비를 정확히 조준한 다음, 쉬어 버린 목소리로 말했다.

"혈귀…술…."

그러자 다음 순간.

코쿠시보의 등에서 구불구불 휘어진 나무줄기가 눈 깜짝할 사이에 뻗어 나왔다.

나무는 도깨비의 등에 뿌리를 내리고는 꾸드득 하는 기분 나쁜 소리를 내며 성장했다.

코쿠시보는 쓰러져 있는 겐야를 매우 불쾌하다는 눈으로 쳐다봤다.

'또 고정인가? 눈엣가시로군. 두 동강을 내서 저놈도 끝장을 내자.'

그렇게 악담을 퍼부으며 칼을 들었다.

그런데….

'기술이 안 나와!!!'

혈귀술로 인해 예비 동작 없이 날릴 수 있었던 초승달 형태의 칼날이 하나도 나오지 않았다.

그리고 그때, 머리 위에서 살기를 느끼고 재빨리 시선을 옮겼지만… 이미 늦었다.

퍼억!

위쪽에서 떨어진 히메지마의 쇠구슬이 목을… 바로 경추 부근을 직격했다.

그 쇠구슬은 일륜도와 마찬가지로 태양빛의 힘을 담고 있었다.

힘으로 물리적인 충격을 주고, 거기에 태양빛의 힘으로 코쿠시보의 살을 태웠다.

"크아아아아!! 으아아아아아!!!"

지금까지 한 번도 소리를 지르지 않았던 코쿠시보가 끝내

절규했다.

그러나 아직 목은 잘려 나가지 않았다.

공중에 높이 뛰어오른 히메지마는 이를 갈았다.

'이 엄청나게 강인한 목. 아직도 공격이 부족해!!'

슈웅 하고 쇠사슬을 몸 앞으로 당겨 모았다. 그러자 그 끝에 연결된 손도끼가 코쿠시보의 목 아래로 휘어 들어갔다. 쇠구슬과 손도끼, 위아래에서 동시에 포위하는 작전이었다.

채애앵!

둔탁한 소리가 울리고, 손도끼의 날이 목에 닿기 직전.

코쿠시보는 목과 손도끼 사이에 칼을 집어넣어서 막았다.

하지만 방어하는 것이 고작이라서, 전처럼 반격으로 전환할 수가 없었다.

'기술이 안 나온다!! 등에 박힌 나무 때문인가?! 내 피를 대량으로 빨아들이며 줄기를 뻗고 있어…. 더욱이 이 격통으로 인한… 몸의 경직!! 붉게 물든 칼 때문이다!!'

쇠구슬로 머리 위쪽을 맞아서 강제로 고개를 숙인 코쿠시보의 눈에 무이치로와 그가 쥔 일륜도가 보였다.

'붉은 칼날… 요리이치와 같은….'

일찍이 동생 요리이치는 도깨비와 싸울 때 칼의 색을 붉게 바꿀 수 있었다.

그런 일이 가능한 사람은 요리이치뿐이었다.

붉은 칼이 떠올리게 하는 것은 코쿠시보가 아직 도깨비가 되기 전인 어느 날의 기억이었다.

귀살대의 츠기쿠니 미치카츠로서 도깨비와 싸우던 시절의 기억….

"후계는 어찌 할 생각이냐?"

매우 화창한 날이었다. 미치카츠는 옆에 선 요리이치에게 그렇게 물었다.

어딘가로 향하던 길이었는지, 아니면 함께 단련하던 중이었는지. 이제는 정확하게 기억나지 않지만, 이마에 반점을 지닌 두 사람은 칼을 차고 흙과 풀 내음이 나는 길에 서 있었다.

"우리에게 필적하는 실력자가 없어. 호흡술의 계승이 절망적이야. 터득한 기술의 대가 끊길 거라고."

마음을 졸이는 미치카츠에게 요리이치는 담담히 대답했다.

"형님, 우린 그렇게까지 대단한 존재가 아니야. 길고 긴 인간의 역사 속에서 불과 한 조각일 뿐."

동생은 언제나 그랬다.

뭔가에 동요하지도, 애가 타서 필사적이 되는 경우도 없는 것처럼 보였다.

요리이치는 말을 이었다.

“우리의 재능을 능가하는 이가 지금 이 순간에도 태어나고 있지. 그들이 또 같은 자리에 도달할 거야.”

요리이치는 어딘가 먼 곳을 똑바로 바라봤다.

그의 귀에서 일륜 문양의 귀고리가 흔들리고 있었다.

“아무것도 걱정할 것 없어. 우린 언제든지 안심하며 인생의 막을 내려도 돼.”

그렇게 말하면서 요리이치는 마치 밝게 빛나는 미래를 보는 듯이 부드러운 미소를 지었다.

“기분이 막 들뜨지 않아, 형님?”

동생의 물음에 대한 대답을 찾지 못한 채.

코쿠시보는 목이 잘리기 직전이었다.

사네미가 칼을 들고 소리쳤다.

“이야아아아아아아아아아압!!!”

그 칼이 쇠구슬 위로 떨어졌다. 쇠끼리 충돌하는 소리가 귀청을 찢었다.

"언젠가, 앞으로 태어날 아이들이."

다음 순간, 사네미의 칼과 히메지마의 쇠구슬이 태양처럼 붉게 물들었다!

무이치로는 흐릿해져 가는 의식 속에서 그 붉은 빛을 봤다.

'쇠끼리 서로 부딪치며 붉게…!!'

사네미는 양팔에 힘을 실으면서 짐승처럼 포효했다.

"크아아아아!"

"우리를 뛰어넘어… 더욱 높은 곳으로."

코쿠시보는 버티려 했다.

그러나 목에 닿아 있는 쇠구슬의 압력이 달라졌다. 살이 타들어가는 듯했다.

이대로는 목이 잘린다. 이대로 가다가는.

“끝까지 올라갈 거야.”

뎅겅!

상현1 코쿠시보의 목이 끝내 잘려 나갔다.

그 머리는 거대한 쇠구슬 아래에 짓눌렸다.

제12화 무사

이것은 주마등일까.

코쿠시보의 눈에는 요리이치가 비치고 있었다.

그날의 모습. 부드러운 미소를 짓고 있던, 동생의 옆모습….

'요리이치….'

네가 웃을 때, 나는 항상 불쾌해 미칠 것 같았다.

각 호흡의 후계자가 없다는 이야기를 했을 때도 너는… 돌연, 기묘한 낙관적 견해를 펼치기 시작하며 웃었다.

특별한 것은 우리 세대뿐이라고 자만하고 있던 나는 불쾌감과 신경질로 구역질이 났다.

뭐가 재미있다는 것이냐.

'몸통이 두 동강 나고도 칼을 놓지 않고.'

이를테면 츠기쿠니의 후예 토키토 무이치로처럼.

'인간이 혈귀술을 사용하고.'

도깨비를 잡아먹는 저 총잡이처럼.

'베이고, 또 베여도 실혈사하지 않고.'

희혈을 지닌 검객 풍주처럼.

'도깨비에 필적하는 성장 속도로 육체의 한계를 뛰어넘는 동작을 계속 취하고.'

눈이 먼 도깨비 사냥꾼 암주처럼.

해의 호흡의 사용자도 아닌 자들이 칼날을 붉게 물들이는.

그런 미래를 상상하고 뭐가 재미있단 말이냐.

내가 지는 일 따윈 상상만 해도 오장이 뒤틀린다.

나는 이제 두 번 다시 지지 않을 것이다. 그래. 설령 목이 잘리더라도….

그때였다.

도깨비의 목의 절단면에서 슈루룩 하는 젖은 소리가 나면서 그때까지 폭포수처럼 흐르던 피가 뚝 멎었다.

'출혈을 막았다!!'

"시나즈가와!!"

히메지마가 재빨리 눈치채고 소리쳤다.

"공격의 손길을 늦추지 마!! 몰아붙여!!"

물론 자신의 손도 결코 멈추지 않았다.

"토키토와 겐야의 목숨을 결코 헛되이 만들지 마!!"

그렇다. 히메지마는 알고 있던 것이다.

시각으로 얻는 것 이상의 정보도 감지할 수 있는 그는 알 수 있었다.

무이치로는 코쿠시보를 꿰뚫은 일륜도에 매달린 채 숨이 끊어졌다.

몸이 세로로 절단된 겐야의 반응도 더 이상 느껴지지 않았다.

하지만 사네미는 아직 몰랐다. 동요했는지, 아주 잠깐 움직임을 멈췄던 사네미는 곧바로 목청껏 포효했다.

"오냐, 좋다아아아아!!"

그는 흐르는 눈물을 닦지도 않고 토해 내듯이 소리쳤다.

"깨끗이 사라질 때까지 다져 주마아아아아!!"

사네미는 코쿠시보의 간격으로 질주했다.

"바람의 호흡 제8형! 초열풍참(初烈風斬)!!"

기세를 유지한 채, 열풍과도 같은 빠르기로 코쿠시보를 베고 지나갔다.

사네미의 공격과 거의 동시에 히메지마는 공중으로 뛰어올라 쇠사슬을 휘둘렀다.

"바위의 호흡 제5형 와륜형부(瓦輪刑部)!"

묵직한 쇠구슬과 손도끼가 반동을 실어서 코쿠시보의 몸을 덮쳤다.

그러나 코쿠시보는 아직 포기하지 않았다.

칼을 쥔 채로 숨을 거둔 무이치로의 팔을 잘라서 바닥에 내팽개치고는, 옆구리에 꽂혀 있는 일륜도를 끼기기긱 뽑아내기 시작했다.

붉은색으로 변화한 일륜도를 뽑아내면 다시 도깨비로서의 힘을 되찾으리라고 생각한 것이다.

'몸은 무너지지 않았다. 아직 재생할 수 있어. 이것만 빼내면. 아직은 죽지 않아.'

나약한 인간과는 다르다.

'놈들은 죽었다. 칼의 효력도, 주술의 효력도 곧 사라질 거

오냐, 좋다 아아아아!!
깨끗이 사라질 때까지 다져주마 아아아아!!
바람의 호흡 제8형
초열풍참 (初烈風斬).

다.'

격통의 원인인 붉은 칼과 도깨비를 잡아먹는 총잡이의 혈귀술은 사용자 본인이 죽으면 그 힘을 잃었다.

'그리고 나는 목의 절단으로 인한 죽음을 극복할 것이다.'

마침내 일륜도가 뽑혔다. 코쿠시보는 몸을 날려서 홀연히 사라지듯이 이동했다.

"!!"

그 움직임은 너무나도 빨라서, 히메지마와 사네미가 순간적으로 놓칠 정도였다.

그들에게서 거리를 둔 코쿠시보는 "하…악." 하고 거친 숨을 내뱉었다.

쩍 벌어진 입에서는 침이 주르륵 흘러내렸다.

놀랍게도 머리를 재생시킨 것이었다.

그런데 그 모습은 더 이상 인간과는 조금도 닮지 않은… 섬뜩한 괴물이었다.

이마와 머리통에는 크기가 제각각인 울퉁불퉁한 뿔이 돋아났고, 입 밖으로 몇 개나 튀어나온 송곳니는 크기가 제각각이라서 꺼림칙했다.

몸 이곳저곳에서 뻗어 나온 것은 거대한 곤충의 다리 같은 발톱 형상의 뿔. 그리고 피부 밖으로 드러난 혈관 같은 기다란 관.

피부에는 힘줄이 불거져 나오고, 6개의 눈은 모두 각기 다른 방향을 향하고 있었다.

“머리를 재생시켰어, 저 자식! 빌어먹을!! 망하아아알!!”

사네미와 히메지마가 서로에게 외쳤다.

“계속 공격해!! 목이 달아난 직후라 분명 몸이 약할 거야!!”

두 사람이 돌진해 왔다.

“무잔만 한 속도로는 재생되지 않고 있어!! 목을 노려!! 몇 번이고!!”

이제는 목이 약점이 아니게 된 코쿠시보는 두 사람의 공격에 정면으로 맞섰다.

‘극복했다. 이로써 그 어떤 공격도 무의미해. 햇빛 외에는.’

풍주가 일륜도를 낮게 겨누고 달려왔다.

‘이로써 나는.’

풍주가 든 그 칼의, 녹색으로 빛나는 도신에 꼭 괴물 같은 그림자가 비쳤다.

‘그 누구에게도 질 일이.’

도신이 가까이 다가오자 그제야 코쿠시보는 그것이 무엇을 비추는지를 깨달았다.

자신의 모습이었다.

그는 숨이 턱 막혔다.

'뭐지? 이… 추한 꼴은….'

그때, 그의 등 뒤에서 귀에 익은 어린아이의 목소리가 들려왔다.

"형님의 꿈은 이 나라에서 가장 강한 무사가 되는 건가요?"

요리이치다.

"저도 형님처럼 되고 싶습니다. 저는…."

아직 아버지, 어머니와 함께 살던 무렵의 요리이치였다.

"이 나라에서 두 번째로 강한 무사가 될게요."

어린 모습의 동생은 눈꼬리를 내리면서 빙그레 웃었다.

꿈은 강한 무사. 단련을 거듭해 검의 길을 궁구해서, 긍지 높은 무사가….

'무사의 모습인가? 이게….'

구역질이 절로 나는 이 추악한 모습이.

이 나라에서
두 번째로 강한
무사가 될게요.
무사의
모습인가?
이게….
이것이 정녕
내가 원한
것인가?

'이것이 정녕 내가 원한 것인가?'

그렇게 자신에게 물은 순간.

두근….

코쿠시보의 몸이 크게 맥동했다. 그러자 곧이어 옆구리의 살점이 무른 흙덩이처럼 파스스 무너지기 시작했다.

'?! 몸이 무너진다. 무이치로에게 찔린 자리….'

붉은색으로 변한 칼의 힘이 아직도 남아 있는 것이다.

코쿠시보는 무시무시한 송곳니를 드러내고, 붉은 눈을 부릅떠서 무너져 내리는 자신의 몸을 내려다봤다.

그 틈을 놓치지 않은 히메지마의 쇠구슬이 그의 목을 날려버렸다.

대응할 새도 없이 이번에는 사네미의 참격이 그의 몸을 난도질했다.

'기술을 끄집어내. 기술을….'

그러나 이미 복부뿐만 아니라 팔도, 다리도 무너지기 시작했다.

'혈귀술을 쓸 수 없어…!!'

아직이야. 아직은 재생할 수 있을 터.

아직은 진 게 아니야. 나는 아직.

"딱하구려. 형님."

그때 들었던 요리이치의 목소리가 들려왔다.

늙은 동생은 눈물을 흘리면서 그렇게 말했다.

'목이 떨어지고, 몸이 도륙 나고, 짓이겨지고도.'

암주와 풍주는 공격의 손길을 멈추지 않았다.

'패배를 인정하지 않는 추함.'

쉴 새 없이 이어지는 일륜도의 타격에 코쿠시보의 몸은 더욱더 붕괴됐다.

'살아서 겪는 수치.'

마지막 한 조각이 될 때까지, 그는 자문자답을 되풀이했다.

고작 이딴 걸 위해서 나는 수백 년이나 살아온 건가?

지기 싫었던 건가? 추한 괴물이 되어도.

강해지고 싶었던 건가? 인간을 잡아먹더라도.

죽기 싫었던 건가? 이런 비참한 생물로 전락하면서까지.

아니다. 나는.

나는 그저.

아니다.
나는.
죽기 싫었던 건가?
이런 비참한 생물로
전락하면서까지.
나는
그저
요리이치.
네가 되고
싶었던 거다.

요리이치.

네가 되고 싶었던 거다.

귀멸의 칼날

제 13 화 손을 뻗어도, 손을 뻗어도

의식이 사라져 가는 그 짧은 순간에 코쿠시보는 주마등을 봤다.

'남을 시샘하지 않는 자는 운이 좋은 것뿐이다.'

만나 본 적이 없는 것뿐이다. 신들의 총애를 한 몸에 받은 사람을.

모든 걸 완전히 불태워 버릴 만큼 강렬하고 선명한 태양 같은 사람을.

하지만 코쿠시보는… 아니, 츠기쿠니 미치카츠는 만나고 말았던 것이다.

그 사람이란, 이 무슨 운명의 장난인지, 그의 쌍둥이 동생 츠기쿠니 요리이치였다.

츠기쿠니 가는 무인(武人) 가문이었다.

'미치카츠(巖勝)'는 강하게, 언제나 계속 이길 수 있기를 바라며 아버지가 지은 이름.

'요리이치(縁壱)'는 사람과 사람의 인연을 무엇보다 소중히 여기길 바라며 어머니가 지은 이름이었다.

'우리가 태어난 시대에 쌍둥이는 후계 다툼의 원인이 되기 때문에 불길한 것으로 치부되었다.'

후계 다툼이란 누가 가문의 후계자가 될지를 놓고 싸우는 일. 집안을 상속받을 수 있는 것은 단 한 명의 적자뿐이었다.

동생 요리이치에게는 선천적으로 기분 나쁜 반점도 있어서 아버지는 동생을 죽이라고 명했다.

하지만 그 말을 들은 어머니가 열화와 같이 분노해 도저히 감당할 수 없게 되자, 동생은 죽이지 않고 10살이 되면 절로 보내서 출가시키기로 했다.

'우리 형제는 방도, 옷도, 교육도, 먹는 것조차도 큰 격차 속

에서 성장했다.'

미치카츠는 두루마기에 하카마를 차려입고, 발에는 버선을 신고, 붉은 기가 도는 검은 머리카락도 단정히 묶었지만, 요리이치는 수수한 기모노 한 겹에 발은 맨발. 머리는 언제나 부스스했다.

같은 얼굴, 같은 체격의 쌍둥이.

그러나 행동거지에는 큰 차이가 생겼다.

그 때문인지, 요리이치는 어머니를 떠나지 못하고, 볼 때마다 어머니의 **왼쪽 옆구리**에 꼭 붙어 있었다.

그런 요리이치를 미치카츠는 어린 마음에도 불쌍하다고 여겼다.

'나는 요리이치에게 주어진 1.5평짜리 작은 방에 아버지의 눈길을 피해 놀러 갔다.'

볕이 잘 들지 않는 창고 같은 그 방은 물건이라고는 낡은 책상과 이불 한 채 정도밖에 없었다. 요리이치는 그곳에서 일상생활을 보냈다.

'내 소지품을 주면 아버지에게 들킬 것 같아 피리를 만들어 선물했는데….'

나무를 깎아서 만든, 짧은 퉁소 같은 모양의 엉성한 피리.

요리이치는 그것을 받아들더니 신기하다는 얼굴로 한동안 뚫어져라 들여다봤다.

요리이치는 갓난아기 때부터 방긋 웃는 법조차 없고, 7살이 될 때까지 말을 하지 않아 귀가 안 들리는 줄 알았다. 그 귀에는 일륜을 그린 귀고리가 걸려 있었다.

그게 아니라는 걸 안 것은 7살이 되었을 무렵.

'내가 마당에서 목검을 휘두르고 있는데 요리이치가 소리도 없이 소나무 그늘에 서 있어서 그것만으로도 내심 얼마나 간담이 서늘했던지….'

표정 변화가 없는 요리이치는 형을 빤히 쳐다보며 말했다.

"형님의 꿈은 이 나라에서 가장 강한 무사가 되는 건가요?"

'처음으로 말문을 열었다 했는데, 하도 유창하게 떠들어서 숨이 멎을 정도로 놀라 나는 목검을 떨어트리고 말았다.'

그러더니 갑자기 자신도 무사가 되겠다고 주절거리기 시작했는데, 애당초 요리이치는 10살이 되면 절로 쫓겨날 신세. 무사가 아니라 승려가 되기로 정해져 있었다.

그걸 알고 있는지 아닌지, 요리이치는 이것 또한 처음으로, 안면을 풀며 방긋 웃었다.

요리이치는
갓난아기
때부터
방긋 웃는
법조차 없고,
7살이 될 때까지
말을 하지 않아
귀가 안 들리는 것
같다고 여겨졌다.
그게 아니라는 걸
안 것은
7살이
되었을 무렵.
내가 마당에서
목검을 휘두르고
있는데
요리이치가
소리도 없이
소나무 그늘에
서있어서
그것만으로도
내심 얼마나
간담이
서늘했던지.
형님의 꿈은
이 나라에서
가장 강한 무사가
되는 건가요?

불쾌했다.

어머니만 보면 쪼르르 달려가 매달리는 인간이 목숨 걸고 싸우는 무사가 될 수 있을 리 만무했다.

그런데 그 이후 요리이치가 훈련 중에 자신도 가르쳐 달라며 알짱거리기 시작해서….

'나에게 검술을 지도하던 아버지의 부하가 장난삼아 죽도를 쥐여 주었다.'

아버지의 부하는 숙련된 검객이었다.

잡는 방법과 겨누는 방법을 구두로 가볍게 전달한 것이 다였다. 그것만으로 자, 공격해 봐, 라며 아버지의 부하는 자세를 취했다.

스으읍….

요리이치는 기묘한 호흡 소리를 내더니, 부하에게 가볍게 달려들어서 눈으로 따라갈 수 없는 속도로 정확하게 죽도를 휘둘렀다.

평소에는 멍하던 요리이치의 표정은 무시무시한 기백으로 가득 차 있었다.

아버지의 부하가 쿠웅 하고 지면에 쓰러졌다. 부하의 죽도는 두 동강이 나 있었다.

쿠웅

미치카츠는 놀라서 눈을 동그랗게 떴다.

'내가 아무리 공격해도 한판을 따내지 못한 아버지의 부하는 눈 깜짝할 사이에 요리이치에게 4대를 얻어맞고 실신했다.'

7살 어린애에게 얻어맞은 목, 가슴, 배, 다리는 다행히 뼈에는 이상이 없었으나, 주먹 크기만큼 부어올랐다고 한다.

요리이치는 그 후, 무사가 되고 싶다는 말을 하지 않게 되었다.

요리이치에게 사람을 내리치는 감촉은 견디기 힘들 만큼 불쾌한 것이었기 때문이다.

'그래도 나는 어떻게 해서든 요리이치의 힘의 비밀을 알고 싶었다.'

미치카츠는 동생을 저택 툇마루로 데려왔다.

둘이서 옆에 나란히 앉아 비밀을 알아내려 했지만, 요리이치는 그저 멍하니 있을 뿐, 좀처럼 중요한 말을 쉽게 털어놓지 않았다.

물고 늘어지며 추궁하자, 대화를 하던 중 요리이치가 알 수 없는 말을 했다.

"상대방이 덤벼들기 전에 폐가 크게 움직여요. 뼈의 방향이나 근육의 수축, 피의 흐름을 자세히 보면 돼요."

요리이치에게는 생물의 몸이 투명하게 비쳐 보인다고… 그것을 이해하기까지 시간이 한참 걸렸다.

선천적인 반점과 마찬가지로 선천적으로 타고난 특별한 시각.

그리고 그것에 즉시 부응할 수 있는 신체 능력을 가졌다.

'이제껏 불쌍히 여겼던 사람이 나보다 훨씬 뛰어났던 것이다.'

아연실색한 미치카츠가 반점이 있는 동생의 옆얼굴을 바라보고 있자, 그는 고개를 숙인 채 말했다.

"저는 검에 관한 이야기보다… 형님과 주사위 놀이나 연날리기를 하고 싶어요."

그 말을 들은 미치카츠는 할 말을 잃었다.

'나는 검의 길을 궁구하고 싶었다.'

검의 길은 아픔과 고통이 따르지만, 재능을 인정받은 미치카츠는 노력을 하면 할수록 실력이 늘었다.

그런데 그건 거북이걸음에 불과하다. 유례 없는 신동 앞에서는.

원하는 이에게 원하는 재능이 주어진다면 얼마나 좋을까?

요리이치는 검에 관한 이야기를 할 때, 몹시 지루해 보였다.

빼어난 검술 재능을 갖고도 손톱만큼도 기뻐하지 않고, 요리이치에게 검의 길은 애들 놀이만도 못한 것이었다.

주사위 놀이나 연날리기 쪽이 그에게는 더 가치가 있었다.

저택의 툇마루에서… 요리이치가 발을 달랑달랑 흔들며 하늘을 물끄러미 올려다보는 옆에서, 미치카츠는 불끈 쥔 주먹을 무릎 위에 올리고 비참하게 고개를 떨궜다.

입장이 역전되었다.

'아버지의 부하는 분명 요리이치에 대해 보고할 것이다. 집안을 물려받을 사람은 요리이치다. 나는 그 1.5평짜리 방에 처박히고 3년 후에 10살이 되면 절로 쫓겨나, 무사가 되겠다는 꿈은 이루지 못할 것이다.'

그렇게 생각하자 밤에 잠도 못 들게 되고 말았다.

그러던 어느 날 밤의 일이었다.

그때도 미치카츠는 이불 속에 들어가기는 했지만, 동그랗게 뜬 눈으로 천장을 응시하고 있었다.

"형님."

불현듯 장지문 바깥에서 요리이치의 목소리가 났다.

"…왜?"

상반신을 일으켜 앉아서 묻자, 대답이 돌아왔다.

"어머님이 돌아가셨습니다."

"뭐라고?"

인시*에 요리이치가 찾아왔다.

어머니의 죽음은 아닌 밤중에 홍두깨였다.

미치카츠는 황급히 이부자리에서 벌떡 일어나 장지문을 열었다.

"어쩌다 갑자기 그렇게. 무슨 일이 있었느냐?"

툇마루에는 정좌를 한 요리이치가 두 손을 바닥에 댄 채 고개를 숙이고 있었다.

"송구합니다. 소상한 내막은 몸종인 '이토'에게 들으세요. 저는 이 길로 절로 떠납니다.

"떠나? 지금 바로?"

"네. 작별 인사만 올리고 싶어서."

그렇게 말하더니 품에서 뭔가를 감싼 천을 꺼냈다.

"이 피리를."

"피리?"

요리이치는 천을 끌렀다. 그 안에서 나온 것은 언젠가 미치

※인시(寅時) : 새벽 3~5시.

카츠가 만들어서 건넨 나무 피리였다.

손바닥 위에 놓인 그 피리를 요리이치는 무척 소중하다는 눈빛으로 바라보며 미소 지었다.

"주신 이 피리를 형님이라 여기며 아무리 멀리 떨어져 있어도 굴하지 않고, 하루하루 정진하겠습니다."

요리이치는 엉뚱한 소리밖에 안 내는 쓸모없는 피리를 마치 보물처럼 천에 싸서 품속에 고이 집어넣었다.

또 웃고 있었다.

그깟 잡동사니. 뭐가 그토록 기쁜 것인지 모르겠다.

불쾌하다.

'나는 아무 대꾸도 하지 않았지만, 요리이치는 만족한 태도로 고개를 깊이 조아렸다.'

그리고 그대로 거의 짐도 없이 터벅터벅 어딘가로 가 버렸다.

마지막에 이쪽을 향해 손을 흔든 요리이치는 깊은 밤의 어둠 속으로 사라졌다.

그 후.

미치카츠는 어머니가 하루하루 써 내려간 기록을 읽었다

어머니의 일기를 보니, 요리이치는 자신이 후계자로 낙점될

떠나?
지금 바로?
네에.
작별인사만
올리고 싶어서.
이 피리를.
피리?
주신 이 피리를
형님이라 여기며
아무리 멀리
떨어져 있어도
굴하지 않고,
하루하루
정진하겠습니다.

요리이치는
어머니에게
매달려 있었던 게
아니라
병으로 쇠약해진
어머니를
떠받치고 있었던
것이다.
꾸깃
나는
그때,
질투로 온몸이
타들어가는
소리를 들었다.
요리이치라는
천재를 마음속 깊이
증오했다.

거라는 사실을 알고 예정보다 빨리 집을 떠나기로 했다는 모양이었다.

어머니의 병도, 돌아가실 시기도 요리이치는 알고 있었던 것 같았다.

어머니는 벌써 몇 년 전부터 좌반신이 불편해져 고통받고 계셨다.

'좌반신.'

그렇게 적힌 부분을 읽자, 퍼뜩 생각나는 것이 있었다.

'왼쪽….'

그렇다. 요리이치는 언제나 어머니의 왼쪽 옆구리에 꼭 붙어 있었다.

요리이치는 어머니에게 매달려 있었던 게 아니라 병으로 쇠약해진 어머니를 떠받치고 있었던 것이다.

미치카츠는 어머니의 일기의 한 장을 찢어 버릴 기세로 구겼다. 그 손에 피 한 방울이 뚝 떨어졌다. 감정이 너무 격해져서 코피가 난 것이다.

'나는 그때, 질투로 온몸이 타들어 가는 소리를 들었다.'

손등과 이마에 시퍼런 힘줄을 세우고, 기모노의 앞섶을 움켜쥐었다.

'요리이치라는 천재를 마음속 깊이 증오했다.'

제발 부탁이니 죽어 줘.

너 같은 사람은 태어나지도 말아 줘.

네가 존재하면 이 세상의 섭리가 어그러진단 말이다….

'아버지가 요리이치를 도로 데려오려고 절에 심부름꾼을 보냈으나 요리이치는 그곳에 오지 않았고….'

홀연히 소식을 끊어 흔적조차 찾아볼 수 없었다.

납치인지, 산사태에 묻혔는지, 곰에게 공격당한 것인지,

'아무튼 뜻하지 않게 나의 소망은 이루어졌다.'

그로부터 10년 남짓, 평온한 날들이 이어졌다.

'나는 아내를 맞아들이고 자식도 낳았다. 평화롭고 어딘가 지루한 나날이었다. 세월의 흐름이 몹시 더디게 느껴졌다.'

그런데… 전장에 나섰던 어느 날의 일이었다.

야영하던 중, 도깨비의 공격을 받으며 정체되어 있던 시간이 움직이기 시작했다.

미치카츠 일행을 습격한 것은 머리에 뿔이 돋아나 있고, 날카로운 갈퀴 같은 손을 지닌 도깨비.

단 한 마리뿐임에도 도깨비는 미치카츠의 부하들을 차례차례 죽였다. 모두 전투용 갑옷을 입고 있었는데도 도깨비는 매우 간단하게 그들의 몸을 난도질했다.

마지막까지 남은 미치카츠는 나무 밑동으로 몰려 버렸다. 칼은 부러지고, 자리에서 일어설 수조차 없었다.

그때였다.

'우리는 원치 않는 해후를 하였다.'

달빛이 비추는 밤하늘에서 한 명의 검객이 훌쩍 나타났다.

검객이 공중에서 참수리처럼 팔을 벌리자, 그 손에 들린 칼이 날카롭게 번쩍였다.

순식간에 승부가 났다. 도깨비는 목과 양팔이 잘리고 먼지가 되어 사라졌다.

'도깨비로부터 나를 구해 준 것은 요리이치였다.'

잊을 수 없는 이마의 반점. 그리고 일륜의 귀고리….

어린 시절과는 비교도 안 될 만큼 극에 달한 검술로 인간 외의 존재마저 쉽사리 쓰러뜨렸다.

요리이치를 본 순간, 미치카츠의 평온은 파괴되었다.

'나는 또다시 질투와 미움으로 위장이 타들어 갔다.'

어찌할 바를 몰라 땅바닥에 주저앉은 미치카츠에게 요리이치는 담담하게 말했다.

"죄송합니다, 형님."

그는 한쪽 무릎을 꿇고 자세를 낮추더니, 고개를 깊숙이 숙였다.

'요리이치는 자신이 늦게 도착하는 바람에 내 부하들이 죽었다고 사죄했다.'

요리이치는 강하고, 그리고 흠 잡을 데 없는 인격자가 되어 있었다.

'나는 그 힘과 검술을 기어이 내 힘으로 만들고 싶었다.'

집안도… 아내도, 자식도 버리고 요리이치와 같은 도깨비 사냥꾼이 되는 길을 택했다….

어릴 적부터 꾸준히 단련해 온 미치카츠는 도깨비 사냥꾼으로서도 성과를 올렸다.

하지만 역시, 그래도 뭔가가 달랐다. 결정적인 차이가 있었다.

요리이치는 누구에게나 검술과 호흡을 가르쳐 주었다. 하지만 그 누구도 요리이치와 똑같이 할 순 없었다.

요리이치는 각자가 잘하는 것, 할 수 있는 일을 접목시켜 호흡법을 바꿔가며 지도했다.

그렇게 해의 호흡에서 파생된 호흡들이 속속 완성되었다.

반점을 가진 자도 늘어나, 도깨비 사냥꾼의 전력은 점점 커져갔다.

'머잖아 나에게도 반점이 나타났다.'

요리이치와 똑같은 반점이.

'그러나 나는 결국….'

해의 호흡을 쓰지 못했고, 쓸 수 있는 거라곤 훗날 달의 호흡이라는 이름이 붙은 단순한 파생뿐.

'좀 더 단련하면 언젠가는 요리이치를 따라잡을 수 있을까?'

분한 마음으로 고뇌하고 있을 때….

반점을 가진 자들이 쓰러져 죽기 시작했다.

반점은 수명을 앞당겨 사용한 것에 지나지 않고, 전성기는 금세 끝나 버린다.

미치카츠의 이마에도 반점이 있었다. 5년도 못 가서 죽는 것이 결정되고 만 것이다.

'나에겐 미래가 없다. 단련을 쌓을 시간도 남아 있지 않다.'

깊이 절망하면서도 미치카츠는 도깨비 사냥꾼의 책무를 이어 갔다.

그런데, 그러던 어느 날 밤의 일이었다.

기와지붕 위에서 미치카츠는 한 명의 도깨비와 마주쳤다.

젊고 아름다운 남자의 모습을 한 그 도깨비는 화려한 초목 문양의 기모노 차림으로 용마루 기와 위에 편안히 앉아 있었다. 마치 한밤중의 어둠이 자신의 본거지라는 듯이 느긋한 모습이었다.

곱슬거리는 검은 머리카락이 바람에 흔들리고, 붉은 눈 속에 자리한 동공은 고양이처럼 세로로 길었다.

도깨비는 미치카츠를 보자마자 섬뜩한 미소를 지었다. 살짝 열린 입술 사이로 송곳니가 보였다.

"그럼 도깨비가 되면 되지 않느냐."

칼을 겨누고 있던 미치카츠는 뒤통수를 얻어맞은 기분이었다.

"도깨비가 되면 무한한 시간을 살 수 있으니까. 넌 검술을 궁구하고 싶고, 나는 그 호흡이라는 걸 쓸 줄 아는 검객을 도깨비로 만들어 보고 싶다."

도깨비는 미치카츠를 똑바로 바라봤다.

"어떠냐? 넌 선택할 수 있어. 다른 검객들과는 달리."

할 말을 잊고 가만히 서 있던 미치카츠는 이윽고 도깨비 앞

도깨비가 되면
무한한 시간을
살 수 있으니까.
넌 검술을
궁구하고 싶고,
나는
그 호흡이라는 걸
쓸 줄 아는 검객을
도깨비로 만들어
보고 싶다.

에 무릎을 꿇었다.

이 도깨비야말로.

키부츠지 무잔.

모든 도깨비를 다스리는 도깨비의 시조.

그리하여 미치카츠는 무잔의 피를 부여받아 도깨비가… 코쿠시보가 되었다.

'내가 마음속 깊이 바라고 원하던 길이 열렸다. 나는 모든 굴레에서 해방되었다.'

그런 줄 알았는데.

60년쯤 지난 무렵, 코쿠시보는 늙은 동생, 요리이치와 해후했다.

반점을 지녔으면서 25살을 넘기고도 살아남은 요리이치.

'너는 또다시 내 앞에 나타나 섭리조차 초월한 존재라는 걸 과시한 것도 모자라, 수명을 다해 사망함으로써 이기고 도망쳤다.'

요리이치는 자신의 칼끝을 지면에 꽂고 선 채로 죽었다.

'아무도… 심지어 그분조차 널 이기지 못했다. 그 누구도 요리이치에게 상처 하나 입히지 못했다.'

어째서?

'어째서 너는 내가 늘 비참한 일을 겪게 만드는 것이냐?'

그 붉은 달이 뜬 밤.

코쿠시보는 선 채로 노쇠해 죽은 요리이치를 앞에 두고 눈이 6개 있는 얼굴을 보기 흉하게 일그러트렸다.

그러고는 번뜩이는 눈들이 박힌 이형의 칼을 뽑아 요리이치의 몸을 가로로 베었다.

촤악!

'밉다.'

요리이치의 몸은 몸통이 두 동강 나서 상반신이 하늘로 떠올랐다.

'밉다!!'

피와 함께 뭔가가 공중에서 호를 그렸다.

코쿠시보는 그 물체를 유심히 쳐다봤다.

그것은 반으로 갈린 매화 문양의 복주머니와… 2조각으로 깔끔하게 잘린….

그 피리였다.

"주신 이 피리를 형님이라 여기며…."

네 얼굴만 봐도 구역질이 난다.
네 목소리만 들어도 부아가 치밀고 관자놀이가 지끈거린다.
그런데도,
수백 년이나 살면서
선명하게 기억하고 있는 건 제일 잊고 싶은 너의 얼굴.

집을 나서던 밤의, 동생의 모습이 머릿속에 떠올랐다.

자신이 직접 깎아 만든 엉성한 피리를 손바닥 위에 소중히 올려놓고 웃는 요리이치의 모습이.

코쿠시보는 칼을 뽑은 자세 그대로 우뚝 멈췄다.

6개의 눈 중에서 본래 위치에 있는 눈은 2개.

그 2개의 눈에서 눈물이 흘렀다.

'이제 그만해. 나는 네가 싫단 말이다.'

네 얼굴만 봐도 구역질이 난다.

네 목소리만 들어도 부아가 치밀고 관자놀이가 지끈거린다.

그런데도, 수백 년이나 살면서 선명하게 기억하고 있는 건 제일 잊고 싶은 너의 얼굴.

아버지의 얼굴도, 어머니의 얼굴도, 아내의 얼굴도, 자식의 얼굴도 기억해 낼 수 없는 와중에도 너만이 선명하다.

유일무이한 태양처럼.

네 주위에 있는 인간들은 모두 널 동경하고 손을 뻗으며 고통에 몸부림치는 것밖에 다른 길이 없다.

다 타 버린 숯이 되도록.

그리고 지금, 무한성의 바닥 위….

코쿠시보의 몸은 그야말로 다 꺼진 숯 같은 상태로 격자무늬 기모노 안에 남아 있었다.

얼마 남지 않은 그 파편도 조금씩 허공으로 날아가 사라졌다.

그와 함께 의식도 차츰 흐릿해져 갔다.

'아아…. 아무것도. 결국 아무것도 손에 넣지 못했다.'

집안을 버리고, 처자식을 버리고, 인간으로 사는 길을 버리고.

자손을 베어 버리고, 무사라는 정체성도 버렸건만.

'여기까지 오고도 안 되는 건가?'

츠기쿠니 가의 후예인 무이치로도 죽였다.

'너는 길을 궁구한 자가 도달하는 곳은 같다고 말했다. 하지만 나는 도달하지 못하였다. 너와 같은 세계를 보지 못했다.'

코쿠시보의 머릿속에 요리이치의 모습과… 탄지로의 모습이 떠올랐다.

'해의 호흡의 형태를 아는 검객도 네가 죽은 뒤, 그분과 내가 철저하게 다 죽였다. 그런데도 어떻게 네 호흡은 남아 있는 거지?'

어째서 나는 아무것도 남기지 못하는 것일까?

어째서 나는 아무도 될 수 없는 것일까?

어째서 너와 나는 이토록 다른 것일까?

나는 도대체 무얼 위해서 태어난 것일까?

'가르쳐 다오, 요리이치.'

그렇게 생각한 것을 마지막으로 코쿠시보의 몸은 전부 먼지가 되어 사라졌다.

바닥에 떨어진 코쿠시보의 기모노 속에 뭔가가 남겨져 있었다.

그것은 잘려서 두 동강이 난 피리.

요리이치가 평생 소중히 품에 넣고 살았던 피리.

어린 시절, 미치카츠가 만들어서 요리이치에게 건넸던 그 피리였다….

"시나즈가와!! 일단 공격을 멈춰 봐!!"

도깨비가 먼지로 변해 사라진 것을 아직 알아차리지 못했는지, 사네미는 여전히 칼을 휘두르려 했다.

"도깨비는 더 이상 재생하지 않아."

그래도 베려고 달려드는 사네미를 히메지마가 제지했다.

그 목소리와, 사네미가 쉬이이익 하고 내쉬는 호흡음이 거센 전투가 할퀴고 간 공간에 메아리쳤다.

귀멸의 칼날 노벨라이즈 ~카나오와 무이치로! 목숨을 건 싸움 편~ 끝

이 소설은 『귀멸의 칼날』(19권~20권)까지의
내용을 담았습니다.

귀멸의 칼날 노벨라이즈
~카나오와 무이치로! 목숨을 건 싸움 편~

2025년 8월 10일 초판 발행

저자 하노 마키미 | **원작·일러스트** 고토게 코요하루 | **옮긴이** 김시내
발행인 정동훈 | **편집인** 여영아
편집 팀장 김은실 황정아 | **편집** 노혜림
발행처 (주)학산문화사 | 서울특별시 동작구 상도로 282 학산빌딩
편집부 02.828.8838(전화) | **영업부** 02.828.8986(전화)
홈페이지 www.haksanpub.co.kr | **등록** 1995년 7월 1일 | **등록번호** 제3-632호

ISBN 979-11-411-6361-7 04830
ISBN 979-11-6947-799-4 (세트)

값 8,000원

기술 소녀×미술 소년의
청춘 그라피티!
미술부원이라는 이유로
학교 비품 제작을 떠맡은 신타로.
익숙하지 않은 공구 작업을 하다 보니
아주 무섭게 생긴 여자아이가
이쪽을 노려보는데…!
그녀는 신타로의 톱을 빼앗더니
현란한 손놀림으로 판자를
자르기 시작한다…!!
0.5인분의 연인
HANNINMAE NO KOIBITO
©2023 by Daichi Kawada/SHUEISHA Inc.
(주)학산문화사